DARIA BUNKO

溺愛彼氏と恋わずらいの小鳥

若月京子

ILLUSTRATION 明神 翼

ILLUSTRATION
明神 翼

CONTENTS

この作品はフィクションです。
実在の人物・団体・事件などに一切関係ありません。

溺愛彼氏と恋わずらいの小鳥

★ ★ ★

観月光流は十八歳。本当なら新入生として大学に通っている年齢だが、中学二年生のときから引きこもりをしていた。

相談がある、と友人に連れていかれた放課後の理科室――待ち受けていた二人とともに襲ってきたショックで、外に出るのが怖くなってしまったのである。相手は不良とかではなく、ごく普通のクラスメイトだったのが余計に衝撃的だった。

物音を聞きつけてひどいことになる前に助けられたものの、彼らは一様に光流が誘う目で見た、光流が悪いと言った。

光流は隔世遺伝でフランス人の祖母の血が色濃く出て、金茶色のフワフワの髪と緑色の目。顔も祖母譲りの西洋的な端整さに、母の日本人的な可愛らしさがプラスされていて、男か女かよく分からないと言われる。

子供のときはしょっちゅう女の子に間違われたし、十八歳の今も細くて中性的だと思う。中二のときはまだ身長も低くて女の子っぽかったせいか、性的なからかいをされたこともあった。

対人恐怖症に視線恐怖症、重度の上がり症を併発し、信頼する本当に身近な人以外とはまともに話せない。がんばりすぎると目眩と動悸で過呼吸になったりするので、誰かと接触するときには家族の同伴が必要だった。

「ボクって、情けない……。もう十八歳になったんだよなぁ……どうしよう……」

高卒認定試験には受かっているし、英語とフランス語も喋(しゃべ)れる。だからといってプロの翻訳家になれるかといったら自信がなく、未来が見えない状態だった。

小さい頃からピアノを習っている光流の趣味は作詞と作曲で、ストックはすでに五十曲以上。光流に甘い家族はどれもいいと絶賛してくれるが、身内の欲目なのは分かっているし、趣味で食べていけないのも分かっている。

幸いにして観月家は資産家で、両親も兄、姉も無理せず家にいなさいと言ってくれている。年の離れた末っ子の光流は何かと甘やかされ、でもこのままじゃいけないと焦(あせ)っていた。

「成人まであと二年……なんとかしなきゃなぁ……」

でも、外の世界と人々が怖い。

光流は自室でピアノを弾きながら、ハーッと溜(た)め息をついた。

そこに内線がかかってきて、兄の光一郎(こういちろう)にケーキがあるからリビングに来るよう言われる。

「わーい、ケーキ」

今日は日曜日で、光一郎も仕事は休みだから、出かけたらしい。

光流はピアノの蓋をして、いそいそと一階へと下りていった。

リビングにいたのは、兄だけではない。三年ぶりに会う兄の親友――南雲明仁(なぐもあきひと)がいた。

「アキちゃん！」

「久しぶりだな、光流。ずいぶん大きくなって」

「久しぶり！　大学を卒業してから、全然来てくれないんだもん」

明仁は幼等部からの兄の親友で、観月家にも泊まりがけでよく遊びにきていた。光流とは十一歳も離れているからずいぶんと優しくしてくれて、忙しい両親に代わって遊園地や花火大会など、いろいろなところに連れていってくれた。

明仁には五つ下の弟がいるようなのだがヤンチャなガキ大将タイプで、光流に甘えられると嬉しいらしい。だから光流も遠慮なく甘えられて、家族以外で信頼する数少ない人の一人だった。

「仕事が忙しかったんだよ。他人の金を動かすとなると責任も大きいからな。仕事を辞めて今は自分のだけしかしていないから、時間はたっぷりあるぞ。また遊ぼうな」

「わぁ、嬉しい……って、言っていいのかな？　アキちゃん、無職になっちゃったの？」

観月家の子供たちが通っていたのは幼等部からあるお金持ち学校なので、明仁の家も資産家だ。明仁は祖父母からの遺産や生前贈与やらで不動産や株などの不労所得があるから、仕事を辞めても生活に困らないらしい。

「無職は響きが悪いから、株のトレーダーってことにしてる。ウソじゃないしな」

明仁の隣に座った光流は、三年ぶりに見る顔をジーッと観察する。

黒々とした髪と目の、いかにも日本男子といった凛々しい容貌。男らしく整っていて、西洋的な容姿の光流はいつもいいなぁと思っていた。

「アキちゃん、もうすっかり大人だね。……昔から大人っぽかったけど」

「中身は大して変わっていない気がするが……光流の写真はたまに光一郎から見せてもらっていたが、実物は写真以上に可愛いな。大した美少年っぷりだ」

感慨深いような優しい瞳で見つめられて、光流は照れる。

明仁は相変わらず大人で格好いいが、今はさらに落ち着きが出ている。何年ぶりかで会う明仁の目があまりにも優しくて、光流はドキドキした。

「ボク、もう十八歳なんだけど」

「いや、でも、美青年というより、美少年だぞ？　変わったような、変わっていないような……相変わらずの天使ちゃんっぷりだ」

笑いながら髪をグシャグシャにされて、光流はうーっと唸る。

「アキちゃんも変わってないよ。……でも、そっか。これからは、また会えるんだ。嬉しいな」

無職になったのを喜ぶのはどうかと思うが、嬉しいものは嬉しい。何しろ明仁が証券会社に就職してからというもの、ろくに遊びにきてくれなかったのだ。

「そうそう。そういえば光流、曲を作ってるんだって？　ピアノが上手いのは知ってたけど、曲作りをしてるなんて初耳だ。ちょっと聴かせてくれよ」

「えっ？」

「光一郎に聴かせてもらったんだ。綺麗な声だよな。直で聴いてみたいと思って」

「むうっ、コウちゃん」

恥ずかしいから隠していたのにと、光一郎を睨む。

そもそも家族にだって聴かせず一人で歌っていたのに、酔って寿司を買ってきた光一郎が、ノックもなしに入ってきてばれてしまったのだ。

「コウちゃん、ひどい！」と怒って、泣いて、光一郎は慌てて「内緒にするから！」と謝ったが、それから何度か歌を聴かせてくれとねだられるようになった。

そのうち、「父さんたちにも聴かせてあげよう。喜ぶぞ」と説得され続けて、父親の誕生日にハッピーバースデーを歌い、光一郎にねだられるまま他の歌も歌った。

それから家では解禁状態になったものの、恥ずかしいから他の人には言わないでとお願いした。そうしないと、光流に甘い家族たちが方々で「うちの子は歌が上手いの」と言いふらしかねないと分かっていた。

当然光一郎にも口止めしていたのに、明仁に喋ってしまったらしい。

「この前の、花見のムービーを見せただけだ。桜のシャンパンを一口もらってご機嫌だっただろ」

「よりによって、あれ？」

「あのあと、桜の歌を作ったって言ってたよな？　どうせならそれを聴かせてくれ」

「えー……でもなぁ……」

プロじゃないし、人に聴かせるほどのレベルではないと思っている。しかも自分で作詞作曲をしたものだし、自分に甘い家族にならいいけど、明仁に聴かせるのは恥ずかしかった。

「いいじゃないか。綺麗な歌声だったぞ」

「そうそう。身内の欲目じゃなく、光流の歌はいいって」

ためらう光流を二人がかりで説得してきて、そんなに言うなら……と、光流はピアノの前に座る。

うるさいほど心臓が高鳴るのを感じつつ、光一郎のリクエストである、花見を思い出しながら作った歌を弾き語りした。

『桜』とつけたその曲が終わると、明仁と光一郎がパチパチと拍手をしてくれる。

「いい曲だなっ。楽しそうで、少しだけ物悲しくて。光流の声にピッタリだ」

「今年の花見は散り始めで、桜の花吹雪が綺麗だったんだよな〜。久しぶりに両親とジジババも集まって、みんなご機嫌で酔っぱらって……楽しかったのを思い出した」

「他のも聴かせてくれよ」

弾き終わったあと、光流はビクビクしながら明仁の表情を見守っていたが、目を輝かせて褒(ほ)めるその顔に嘘(うそ)はないように思えた。

「ほ、本気で聴きたいって思ってくれてる？」

「もちろん。光流の歌、すごくいい」

「…………」

優しく見つめられながら言われ、顔が赤くなる。家族以外で初めて自分の作った曲を褒められ、それがずっと憧れていた明仁というのが喜びを増幅させてくれる。

光一郎もうんうんと満足そうに頷き、さらにリクエストしてきた。

「ほらな、言ったろ。身内の欲目じゃなくて、いい曲なんだって。どうせなら、ご機嫌系の曲を聴かせてくれよ。『海』と『花火』希望」

「はーい」

嬉しい嬉しいと、思わず頬が緩んでしまう。

光流は肩から力を抜き、ご機嫌でリクエストどおり続けて二曲歌ったところで、光一郎が「お茶にしよう」と言ってくれる。

「明仁がケーキを買ってきてくれたからな。光流、どれがいい？」

大きな箱の中には、たくさんのケーキ。全部違ったもので、全部美味しそうだ。

「あう〜。どれも美味しそう……定番のショート？　イチゴタルト？　ツヤツヤのチョコレートケーキも美味しそう……」

贅沢な悩みにうんうん唸っていると、二人に笑われてしまう。

「夕食のあとに、もう一つ食べればいい。今の気分は？」

「ショートケーキ！　生クリーム、大好き」

「それじゃ、俺はチーズケーキにするかな。ここのは甘さ控えめなんだ」

「ほー。それじゃ俺は、こっちのチーズタルトのほうを」

それぞれの皿に載せて、いただきますをする。

「美味し～い。上品な生クリームだなぁ」

「このチーズタルト、濃厚で旨い～」

「コウちゃん、ボクにも一口～。ショートケーキも食べてみて」

「おう。ちょっと交換な。……むむっ、確かに旨い」

フォークで切り取ったものを光一郎と交換して味見をしていると、目の前にチーズケーキが差し出される。

「光流、こっちのチーズケーキも食べてみろ。ほら、あーん」

「あーん。……んんっ、美味しい。タルトのほうはしっとり濃厚で、こっちはふんわりまろやか。でも、しっかりチーズ。全然違うねぇ」

「俺は、どっちも好きなんだよ」

「分かる～。そのときの気分で選びたい感じ」

「そうそう」

紅茶をお代わりして、しばしまったりとケーキを楽しむ。

「しかし、光流の歌はいいな。綺麗で、優しくて」

「そ、そう？　ありがと」

明仁にも身内の欲目が入っている気がするが、褒めてもらえると嬉しい。

明仁と光一郎が目配せをしたかと思うと、真剣な表情で光一郎が言ってくる。

「あのな、光流。前にも言ったCDなんだが……本気で出してみないか？」

「えっ、無理だよ、そんなの」

光流は反射的に断る。

以前、父と光一郎から、CDを出してみないかと言われたのは覚えている。最初は冗談かと思ったが二人とも本気で、明仁の祖父がそちらのほうにツテがあるからお願いすると言われた。けれどそんなのはとんでもない夢物語であり、明仁の祖父にまで迷惑をかけるなんて、絶対無理と断ったのだ。

しかし今回は、明仁まで光一郎に与して説得しようとしてくる。

「無理じゃない。俺の祖父が、音楽系の大手プロダクションの大株主なのは知ってるだろう？　だから出せるし、光流の歌は通用すると思うぞ」

「アキちゃんまで……」

「あのな、光流。俺たちは、お前が将来に悩んでいるのを知ってる。父さんたちや菜々美も、働きになんて出ないで、家にずっといればいいと思っているが、光流はそれじゃいやなんだろう？」

「うん……あまりにも情けないかなって。もしかして大学に行けるかもって高卒認定を取ったけど、やっぱり無理だったなぁ。一人で外に出るのはもう少し時間がかかるにしても、いずれなんらかの形で収入を得たい……とは思ってる」

「そうだろう？　だからこその、ＣＤだ。顔出しＮＧ、正体不明のミュージシャンとして出せばいい」

「正体不明？」

「それなら、変に注目を浴びずにすむからな。プロモ映像でも光流はなし、もしくは手や後ろ姿、シルエットなんかで分からないようにすればいいし」

「今時は、テレビに出ない、ライブをしない歌手も増えているらしい。だから、大丈夫だ。俺たちは、光流の歌をたくさんの人に聴いてもらいたいんだよ」

　その言葉に、明仁がうんうんと頷いている。

「俺は今、暇を持て余しているからな。交渉やら手配やらは俺がするし、誰かと会うときは絶対に光流がいやがることはさせないぞ。光流は歌うだけでいい。それでもいやか？」

「アキちゃん、ずっと側（そば）にいてくれるの？」

「ああ、光流の側にいる。側にいたい。光流の歌を聴いて、久しぶりに、こう……湧き上がるものが見つかった。俺にとってこれは、やりがいがあって楽しいことなんだ」

「……………」

光流の頭の中で、ＣＤなんて無理とか、他の人とかかわるのは無理といったネガティブな思考がグルグルと回っているが、光流の無理な部分を明仁がフォローしてくれるという。

つまりそれは明仁が一緒にいてくれるということで――就職してからはなかなか会えなかっただけに、その誘惑は大きかった。

格好よくて優しい兄の友人は光流の理想で、憧れの存在なのだ。

「本当に、本当に、ボクの歌、いいと思う？」

「もちろんんだ。でなきゃ、いくら光一郎に言われても、そんなことをしようとは思わない。何かをしたいという気持ちになったのは、久しぶりなんだぞ」

「アキちゃん、一緒にいてくれる？」

「ああ。俺としても家でゴロゴロしてるばっかりじゃまずい、いずれ何かしないとな……とは思っていたんだ。光流のＣＤを出す手伝いなんて、やりがいがあっていい」

「本気なんだ……」

「ああ、もちろん。光流、誰かと一緒なら外に出られるんだろう？　伊豆(いず)のじい様のところに行って、旨い魚を食わないか？　目の前が海で、気持ちいいぞ」

唐突な誘いに、光流は困惑する。

「え……」

「じい様に、光流の歌を聴かせたい」

光一郎があてにしていると言っていた、音楽系の大手プロダクションの大株主——その人に気に入ってもらったほうが話が早いのは理解できた。

「でも……」

明仁と二人でお出かけは嬉しいが、会ったのは数年ぶりだし、いきなりの遠出……しかも初対面の明仁の祖父の家に宿泊というのは、光流にとってかなりハードルが高い。

ためらう光流に、明仁はニコニコと笑って言う。

「絶対に、気に入ってもらえる。光流の声は、子供から老人まで受け入れられるぞ。それにじい様は隠居生活で暇だから、客は歓迎される」

それに対して光一郎も、うんうんと頷いて後押しをした。

「伊豆の別宅は、いいところだぞー。海を眺めながら飯を食ったり、昼寝をしたり。プライベートビーチだから、人がいなくて最高だ。連れていってもらうといい。光流の気分転換にもなるし」

「迷惑なんじゃ……」

「明仁のじい様から、暇だからたまには遊びにこいってメールが来るくらいだし。父さんの人使いが荒くて、なかなか時間が取れないんだよ。じい様の好物を持っていってくれ」

「う……」

行きたい気持ちと怖い気持ちとで光流が答えられないでいると、明仁に優しく聞かれる。

「光流とは久しぶりに会うし、遠出は不安か？」

「うん……それにお泊まりも、家族みんなでしか行ったことないし……」

「もしダメそうだったら、無理せずに戻ってくればいい」

「そうだな。無理そうって思ったら、俺に電話を寄越せよ。すぐに駆けつけるから」

「……」

二人とも、優しい。引きこもり、家族がいないと外に出られない光流のために、いろいろと考えてくれていた。

「いいのかなぁ」

いいんだと、二人に力強く頷かれる。

光一郎が勤めているのは父の会社で、社長の息子である光一郎は、他の社員よりずっと厳しく仕事をしている。だから当然体調不良でもないのに早退などできるはずがないのだが、光一郎は光流に甘い。そして父は、光一郎よりさらに甘い。光一郎の我がままでは絶対に早退など許さなくても、光流のためなら早く行け、なんなら自分が迎えに――などと言い出しかねなかった。

何はともあれ、いつでも迎えにきてくれるという言葉はありがたい。そんなことにならないといいなとは思うけれど、安心できたおかげで前向きな気分になれた。

光流の了承を得て、善は急げとばかりに明仁が電話をしている。そして、通話を切ると、明後日出発に決まったと言った。

「あ、明後日……」

思ったより早いので、心の準備ができるかどうか不安になる。

「明日だと、バタバタするからな。……ああ、そうだ。今日は泊まっていくから」

「えっ、そうなんだ。久しぶりだね！」

嬉しくて、光流の気持ちが一気に上昇する。明仁の祖父を訪ねて泊まりへの不安も、パッと吹き飛んだ。

「じゃあ、ゲームしようよ！　あと、ポーカーも教えてほしいな。お父さんにリベンジだ」

嬉しさ全開ではしゃぐ光流に、光一郎がジトッと嫉妬の視線を向けてくる。

「光流は明仁が大好きだな。兄ちゃん、ジェラシー……」

「コウちゃんってば！　もちろん、コウちゃんも大好きだよ。ボクのこと、いろいろ考えてくれてありがとうね。ＣＤとか……怖いけど、がんばる」

光一郎に抱きついてそう言うと、ギュウギュウ抱きしめられる。

「俺の天使ちゃん！　そんなにがんばらなくていいんだからな。適当でいいんだぞ、適当で」

「コウちゃん……」

弟を甘やかすダメダメな兄に、光流は困ってしまう。家族全員がこんな感じだから、光流の向上心はなかなか伸びないのだ。

　自立への一歩のために、みんながなんと言おうががんばろうと思った。

　三人で代わりばんこに対戦型のゲームをして遊び、頃合いを見て光流は抜ける。

　明仁の夕食リクエストは家庭料理だったので、家政婦を手伝って、光流も一緒に作った。キンピラやタコの酢の物といった副菜に、メインは天ぷら。下拵(したごしら)えが終わったところで、「もう大丈夫ですよ」と言われてダイニングルームに移る。

　父と姉は出かけていたので、母を加えた四人での夕食となる。

「おおーっ、キンピラ！　太めに切ったこれ、久しぶりだな～」

　そこに揚げたての天ぷらが順次やってきて、家庭料理に飢えていたという明仁が旨い旨いと食べる。

　体格に見合った健啖(けんたん)ぶりを見せる明仁に、光流もついつい釣られていつもよりたくさん食べてしまった。

「光流、今日はお代わりをしたわね」

「アキちゃんにつられたかも。うーん、お腹いっぱい」

「エビ、二本食ったもんな。いいことだ」

光流の食が細いことを気にしている二人なので、ニコニコである。

「ケーキはどうする？　食えるか？」

「食べるー。ピカピカのチョコレートケーキが食べたい」

ケーキは別腹だからと立ち上がって、食器の片付けを手伝ってからコーヒーを淹れる。

いそいそとケーキの箱を冷蔵庫から取り出して、自分のケーキを皿に移した。そしてコーヒーなどをワゴンで運んで、それぞれケーキを選んでもらう。

「あら、美味しそうなケーキねぇ。私はレモンタルトをいただきたいわ」

「やっぱり？　お母さん、柑橘系が好きだもんね」

「甘さに、酸味が欲しいのよ。……あぁ、コーヒーが美味しい」

「夕食後は、コーヒーを飲まないと落ち着かないよな。……ケーキに合う」

「ボクは、コーヒー苦手だな。牛乳を入れないと飲めないよ。……でも、チョコレートケーキと合う。美味しい」

四人でまったり食後のデザートを楽しんでいると、姉の菜々美が帰宅する。

「ただいま～。あら、明仁さん。久しぶり」

「ご無沙汰。ケーキ、あるよ」

「ありがとう。着替えて、一つもらうわ」

菜々美が部屋に行っている間に父も帰ってきて、光流のところにまっしぐらで突進してくる。

「光流～。ただいま」

ギュウギュウと抱きしめられ、光流は「お帰りー」と言う。

「アキちゃん、来てるよ。今日はお泊まりだって」

「おお、明仁くん。……例の件は、どうなった？」

「光流は、了承してくれましたよ。なので明後日、伊豆に行って祖父に会わせようと思います」

「そうか、ありがとう。光流を頼むよ」

「はい」

キリリとした表情はそこでまた崩れ、デレッとした顔を光流に向ける。

「光流～、CDを出す気になってくれたんだな。パパ、嬉しいよ」

「自信ないけど、アキちゃんがついていてくれるって言うし。歌うだけでいいなら、がんばれるかも」

「がんばりすぎなくていいんだぞ？　光流は真面目（まじめ）だから、思い詰めないようにな」

「うん」

もちろんすごくがんばるつもりだが、無理をして倒れでもしたら家族が傷つく。CDを出せなんて言わなければよかったと、後悔する。

だから光流は、自分の限界を見極めながら努力する必要があった。

最後までがんばれるか自信はないけれど、明仁がついていてくれる。大好きな兄の親友が構ってくれるなら、がんばれるというものだった。

「お父さんも着替えて、ケーキ食べよう。それから、みんなでポーカーしようよ」

「それはいいが、また悔し泣きするんじゃないか？」

「な、泣かないよ！　っていうか、前回だって悔し泣きなんてしてないし」

「あら、目が潤んでいたわよ。可愛かったわ」

「ジワッと涙が滲(にじ)んでたよな。可愛かった」

「光流は意外と負けず嫌いだからなぁ。素直に表情に出る性格はポーカーに向いていないし、七並べとか大富豪とかにしたほうがいいと思うよ」

「ロイヤルストレートフラッシュ、作りたいんだもん……」

「そんな大物狙いばかりしているから、ますます勝てないんだぞ」

「うー……」

失敗して、結局、せいぜいワンペアだったりするということを繰り返しているだけに言い返せない。おまけに、たまにエースのスリーカードみたいないい手ができても、表情に出ているらしくてみんなさっさと降りてしまうのだ。

結果、負け続けに加えて、勝っても少ししかコインが増えないことになる。

ちなみにプラスチックのコインは光一郎がどこからか調達してきたもので、ドル表示。光流は一人だけ大負けしている状態だ。菜々美が面白がって帳簿をつけていて、ほぼ毎回マイナスが増えていく光流だった。

だからこそ今日は明仁に教えてもらいながら、絶対に勝ちたいと思う。

戻ってきた菜々美と父にはさっさとケーキを食べてもらって、いそいそとトランプやコインを用意する。

椅子の位置も変えて、光流は明仁と一緒に三人がけのソファーに座った。

「アキちゃんはボクと一緒にやって、教えてくれる？」

「それはいいが、大物狙いはしないぞ。小さく無難に勝ちを取りにいって、ここぞというときにだけ賭けに出るんだ。ロイヤルストレートフラッシュが成立するのは、よほどの幸運に恵まれないと無理だからな」

「はぁい」

二人一組での参加を認めてもらって、まず光流が交換したいカードを指差すが、八割方首を横に振られて違うのを指示される。

えー……と思いつつ言われたとおり交換すると、ジワジワと増えるコイン。明仁の指示した手で着実に勝ちを重ねていき、ストレートフラッシュのチャンスがやってきた。

上手い具合に真ん中が揃（そろ）っていたから、三か八、どちらかがくれば成立だ。

滅多にないことにワクワクしていると、隣で明仁が苦笑していた。

「……」

ドキドキしながら捲ったカードは、ハートの八。

光流は内心で「やったーっ！」と思いつつ表情に出さないよう堪えたが、みんなクスクスと笑っている。

「出てる。思いっきり、顔と態度に出てる」

「喜びが全身から溢れてるわよ。……というわけで、私は降りるわ」

「私も」

「俺も」

「私もだ」

全員に降りられて、光流はガーンとショックを受ける。

「ええっ。ひどいよ、みんな！　ここはちょっとずつコインを積んでいって、ジリジリとした攻防の末に、ボクがバーンとカードを出すのが格好いいのに‼」

「いや、だってお前、めちゃくちゃいい手ができたっていう顔してるし」

「カードを見た瞬間、『やったー』っていう心の声が聞こえたわよ」

うんうんと頷かれ、光流は泣きたくなる。

「お、抑えたのに……すっごくがんばって、表情に出さないようにしてたのに……」

「抑えきれない喜びが、思いっきり出てたからな」

「うう……ダメじゃん、ボク」

せっかくすごい手ができたのにとガックリ肩を落とすと、明仁に頭を撫でられる。

「可愛い、可愛い。その、素直でウソをつけないのが光流のいいところだ」

「うー……」

映画で見たようなギリギリの攻防と、ニヤリと笑って颯爽とカードを披露する夢は叶わないらしい。

それでも明仁のおかげで初めての勝ち越しとなり、夜も更けたのでポーカーはお開きとなって、寝る準備に入ることにする。

「光一郎の部屋に、二人分の布団を敷いてくれよ。久しぶりだから、いろいろ喋ろう」

「うん、いいね。じゃあ、アキちゃん、先にお風呂に入ってくれる？　その間に、コウちゃんと布団敷いておく」

「了解。よろしくな」

「はーい」

二階に行って自分の部屋からマットや毛布、枕を三回に分けて運び、自分の寝床を作る。明仁の分は、光一郎がやってくれた。

明仁と交替で風呂に入って、髪を乾かしてから光一郎の部屋に戻る。

今度は光一郎が風呂に行って、光流は布団の中に潜り込んだ。

「アキちゃん、仕事を辞めてからどうしてるの？」

「んー……家でゴロゴロしてる。株の動向をチェックして売買するだけだから一日中寝間着で、外に出るのも三日か四日に一度っていうところだな」

「よくないねー」

「よくないんだよー。でも、やりたいことも、やらなきゃいけないこともないとなると、ついダラダラしちゃってな。母親やじい様にもうるさく言われ始めていたところだから、光流のバックアップは渡りに船だ」

「うーん」

それを言われると、つい唸ってしまう。さっきはがんばるとは言ったものの、少し経つと途端に不安に駆られるのだった。

「難しく考えるなよ。お互い、生活はかかっていないんだから、趣味みたいなもんだ。うまくいけば俺にはやりがいができて、光流は自分で稼げるようになる。独り立ち、したいんだろう？」

「うん。お父さんもおじいちゃんも、ボクのための資産を残すから大丈夫って言ってくれるけど、でも、それって、ちょっと情けないっていうか……ダメ人間な気がして……」

「今の俺も似たようなものだが、ダメ人間っていうことはないだろ」

「だってアキちゃんはちゃんと就職したし、今だってトレーダーをしてるんだよね？　ボクは中学から引きこもりだもん」

「仕事を辞めて、三日も四日も寝間着で過ごす引きこもり生活だぞ。海外の市場チェックで昼夜逆転したりもするし、光流のほうがよほどまともに生活してる」

「そ、そうかなぁ」

「光流は真面目だからな。高卒認定を取って、英語だけでなくフランス語も話せるんだろう？　大したものだと思うぞ」

「……………」

　褒められると嬉しくて、顔が赤くなる。誰か一緒でないと外に出られない自分が情けなくて仕方なかったが、意外とがんばっているのかもしれないと思えた。

「でもボク、普通に会社勤めは無理っぽいから……アキちゃん、なんで会社辞めちゃったの？」

「あー……人間関係が面倒くさかったから、だな。俺の場合、少なくない不労所得があるだろう？　確定申告のため経理に報告したら、あっという間に広がってな。さすがに正確な数字は言わなかったようだが……あいつら、守秘義務っていう言葉を知らんのかっ」

「あー……それは、確かに面倒くさそう……」

　それでなくても明仁はやっかみを受けるタイプなのに、多額の不労所得を知られれば嫉妬の嵐が吹き荒れそうだ。

「先輩、同僚、女どもの一部がうるさくて大変だった。特に、小遣い制の連中と、ハンターと化した女どもが……」

「ああ、すっごく面倒くさそう……」

「パワハラにならない程度の嫌味があちこちから飛んで、目をギラつかせた女どもにまとわりつかれて、どんどん疲弊していった。幸い仕事は面白かったし、直属の上司がまともな人だったから続けられたが、さすがにうんざりしてな」

「コウちゃんも、女ハンターがしんどいって言ってたなぁ。どこからともなく湧いて出て、まとわりつかれるとか」

「そうそう、そういう感じだ。おまけに、異動してきた女が何かと話しかけてきて……あれが辞めたさにとどめを刺した」

「やっぱり、会社勤めって大変なんだ……。コウちゃんも、ベテランの女性社員に盾になってもらってるって」

「あいつは未来の社長なわけだから、女たちの気合も違うだろうな。気の毒に」

「菜々ちゃんは、厚かましい男と弱々しい男しか寄ってこないってぼやいてたけど……厚かましい男は図々しく肩とか触ろうとするし、弱々しい男はこっそり見てるしで鬱陶しいんだって。

三人の話を聞くと、女の人のほうが厄介っぽいかな」

「男と違って粘り強いというか……とにかくしつこかった」

「モテるのも大変だねぇ」

　そんな話をしていると光一郎も戻ってきて、ベッドに入って電気を消す。

「あー、なんか本当に久しぶりだな」

「明日が月曜日じゃなきゃ、夜更かししてゲームをしたりＤＶＤを見たりできるのにな。残念」

「ボクとアキちゃんはいいけど、コウちゃんはお仕事だもんね」

「お前らはいいよなー。あの電車に乗らなくてすむんだから。仕事は嫌いじゃないが、満員電車は嫌いだ……」

「がんばれー。痴漢に間違われないようにな」

「あれは、リーマンの悪夢だよな。俺は両手を塞いで自衛してる」

「俺も、そうしてた。つり革と本、スマホとか」

「痴漢冤罪、怖いもんなぁ。下手したら、人生終わる……」

　うんうんと頷いて、二人は男性専用車両も作ってほしいなどと話している。光流は満員電車に乗ったことがないので、「へー」と驚くばかりだ。

「そういえば光流、芸名はどうするんだ？」

「え？　あ、そうか……何か考えなきゃいけないんだ……」

「シンプルに、『ヒカル』にするか？」

「うーん……ちょっと恥ずかしいかも」

「じゃあ、頭文字の『Ｈ』か？」

「それでいいかなぁ」

一番シンプルだしと呟く光流に、明仁が待ったをかける。

「いやいや、それは問題ありだと思うぞ。『Ｈ』で検索をかけたら、アダルトサイトが大量に出てくることになる」

「そ、それは大問題！　じゃあ、観月の『Ｍ』？」

「一文字だけだと、検索で問題が出そうなんだよなぁ。『ＨＭ』のほうがいいんじゃないか？」

「ああ、うん、いいかも。見慣れてるし」

「それじゃ、『ＨＭ』で決定だな」

「うん」

それから話題が明仁の怠惰な生活や伊豆の祖父のことなどに移っていって、いつしか光一郎の寝息が聞こえてくる。

「相変わらず、寝つきがいいなぁ。うらやましい。……光流、不規則な生活のせいか、どうも寝つきが悪いんだ。子守唄みたいなのがあったら、歌ってくれ」

「んー……子守唄かぁ……」

そんなのあったかなと静かな曲を思い浮かべて、雨の日に作った曲を思い出す。まだ歌詞をつけていないそれを、囁くような声で「ら」だけで歌ってみた。

風のない日の雨はとても静かで、とても気怠かったが……どういう歌詞をつけようか考えながら歌っていると、いつの間にか寝息が二つに増えていた。

「……アキちゃん、寝つきいいじゃないか……」

まだ五分くらいしか経っていないのにと思いながら、光流も目を瞑って眠る態勢に入る。

（歌詞、歌詞……静かな雨……穏やかな雨……うーん……）

そんなことをつらつらと考え、二人の寝息を聞きながら光流も眠りに入っていった。

ピピピと鳴る小さなアラーム音は、光一郎のものだ。

すぐに止められたことにホッとしていると、起き抜けから元気いっぱいの光一郎に声をかけられた。

「おー、もう朝か……よく寝た！　二人とも、起きろよ」

「んー……」

「……朝から……うるさい……」

「とっとと起きて、身支度だ。俺なんか、これから満員電車に乗らなきゃいけないんだからな。せめてお前らもちゃんと起きろ」

「はいはい。うるせー」

「……お布団、部屋に戻さなきゃ」

光流は欠伸（あくび）をしながら大きく伸びをして、起き上がる。そしてよいしょよいしょと毛布やマットを運んでベッドにセットし、洗面所で顔を洗った。

髪を梳（と）かして服に着替え、一階のキッチンに向かうと、そこではすでに家政婦の愛子（あいこ）が朝食作りをしていた。

「おはようございます」

「おはようございまーす。アキちゃんとコウちゃんも起きたよ。アキちゃんは目玉焼き、両面焼きの塩と胡椒だったと思う」

「ソーセージは、光一郎様と同じ三本でよろしいですか？」

「うん。ボクが焼くね」

冷蔵庫から人数分のソーセージを取り出して、大きいほうのフライパンで蒸し焼きにする。

「お皿と飲み物……オレンジジュースとコーヒー」

ワゴンに載せて、ちょうどいい具合になったソーセージを皿に移す。

「ねえ、愛子さん。明日、伊豆までドライブだから、朝ご飯はお粥がいいな。鶏肉の入った中華粥が食べたい」

「いいですよ。味替えのおかずもいろいろ作りますね」

「やったー。あれ、美味しいんだよね」

ただ、作るのに手間がかかると知っているから、気軽におねだりできない。

光流は浮き浮きしながらワゴンをダイニングルームへと運んだ。

「おはよー」

光流の挨拶に、すでに食べ始めている両親と菜々美、スーツに着替えている光一郎、ラフな格好の明仁が挨拶を返してくる。

「えーっと、これがアキちゃん。こっちがコウちゃん。アキちゃんは、両面焼きの塩と胡椒でいいんだよね？」

「ああ。旨そうだ」

ジュースとコーヒーも渡して、光流も自分の席に座る。

「いただきまーす」

まずは、クロワッサン。冷凍のものを購入しての焼きたてだから、まだあたたかい。

「んー、美味しい」

せっかくの焼きたてを逃すまいと、時間に余裕のある光流と母もちゃんと起きているのだ。

「アキちゃん、今日はどうするの？」

「録音してあるっていう、光流の歌を聴きまくる。光一郎たちにＣＤにしたい曲の候補を挙げてもらっているが、他のも聴きたいからな」

「えっ、たくさんあるよ。うーんと……もう五十曲以上あるんじゃないかなぁ」

「すごいな。そんなに作ったのか」

「小学生のときに作り始めたから」

最初は単純に作曲や作詞が楽しいだけだった。けれどあの事件のあと——ショックで怯える光流の元にカウンセラーの女性が派遣され、音楽で感情を吐き出すのはとてもいいと言われた。

勧められるままピアノを弾いて、弾いて——あのときに作った曲は痛すぎて残していない。

けれど趣味でしていた曲作りが、あのあとから少し違う意味を持つようになった気がする。

気持ちが落ち着いてからも曲作りはやめず、今ではライフワークになっていた。

みんな揃っての朝食も、忙しい会社員たちはさっさと食べ終えて仕事に向かい、無職組はのんびりとコーヒーのお代わりをする。

「お母さん、今日の予定は？」

「ホテルでランチビュッフェをして、お買い物……夕食前に戻る感じかしら。だからお夕飯はサラダだけにするつもりなの」

「いつも、食べすぎた～って言ってるもんね」

「目が食べたがるのよねぇ。……そういうわけで、お夕飯のリクエストがあるなら早めに愛子さんに伝えておきなさいね」

「はーい。アキちゃん、夕食までいる？　いるなら、食べたいのリクエストしていいよ」

「五十曲の中から選ぶとなると時間がかかりそうだな……うーん……生姜焼きにする！」

「肉々しい……」

「ガッツリねぇ」

そういえば光一郎もまだ魚より肉派だ。父は五年くらい前から、魚派に変わった。母はもともと魚派なので、外食に和食や懐石の店が多くなって喜んでいる。

光流は肉も魚も同じくらい好きなので、どこに連れていかれても美味しく食べられる。

個室なら外食も大丈夫なので、父の体が空いているときや家政婦の愛子が休みのときは外食をしていた。

「それじゃボク、愛子さんに生姜焼きをリクエストしてくる」

飲み終わったカップをキッチンに持っていってリクエストをし、明仁を誘って自室へと戻る。

「えーっと、この棚のＣＤがそうだから。一応、作った年ごとに分かれてる。同じタイトルで一とか二とかあるのは、あとで手直ししたからなんだけど」

「分かった。最初から聴いてみる」

「恥ずかしいから、ヘッドホンをつけてくれる？　せっかくだから、ボクも久しぶりに整理しようっと」

「ああ」

明仁はヘッドホンをつけて一番古いやつから聴き始め、光流は大量にある楽譜を引っ張り出す。そして作った年ごとに分けていただけのそれを、録音してあるものとないもの、まだ詞をつけていないものなど仕分けていった。

とにかく曲数が多いので、なかなか大変な作業だ。

「ああー……面倒くさいからって、放ったらかしにするんじゃなかった……吹雪？　スキーに行ったときのかな？　確かこれ、途中まで詞をつけたような……」

ちゃんと完成したものは楽譜と一緒に綴じてあるからいいが、まだ途中のはファイルケースに放り込んであるだけだ。

「どこいった～？」

探して、見つけて、歌詞のメモと楽譜とを突き合わせる。ついでにちょっといいフレーズが思い浮かんだら新たに書き込んだりするので、整理はなかなか進まない。

おっといけないと作業に戻るときもあれば、そのまま没頭してしまうときもあった。

そうやって夢中になっていると、コンコンとノックをされる。

「はーい」

「昼食をお持ちしました」

「えっ、わざわざ？」

光流は慌てて立ち上がり、扉を開ける。すると愛子が大きなトレーを持って、それをテーブルの上に置いた。

「作業のお邪魔をしないようサンドイッチにしましたから、食べてください。でも、あんまり根を詰めないよう、適度に休憩を入れてくださいね」

「うん、気をつける。ありがとう」

明仁もヘッドホンを外して、埋まっていた特大のビーズクッションから起き上がった。

「このクッション、気持ち良すぎだ。なんだか、ものすごく深く光流の歌の中に沈んでいった……」

「アキちゃん、もうお昼だって。愛子さんがサンドイッチ作ってくれたから、食べよう」

「ああ。手を洗ってくるか」

「だね」

洗面台で手を洗って、一緒に部屋に戻る。

「卵サンド、大好き」

「鶏の照り焼き、旨っ」

「ハムとチーズも好き〜。愛子さん、ストロベリーティーを作ってくれたんだ。美味し〜い」

ご機嫌でモグモグとサンドイッチを食べながら、光流は明仁に聞いてみる。

「どれくらい聴き終わった？」

「まだ三分の一も終わってない。聴き返したりしてるからな」

「意外と時間かかるね。ボクのほうも、つい詞を考えたり、気になったところを直しちゃったりして、全然進まない……」

このままじゃ今日中に終わらないかも……という予感は当たり、夕食の時間になっても光流、明仁ともに途中になってしまう。

「これ、持って帰ってもいいか？　家で聴きたい」

「どうぞー」

バックアップは取ってあるので、破損しても問題ない。

明仁は鞄(かばん)にＣＤを入れ、それを持って夕食のためダイニングルームに向かった。そしてリクエストの生姜焼きに大喜びし、しっかりとお代わりもする。

夕食後は伊豆に行く準備があるので、明日は十時に迎えにくると言って帰っていった。

（ちょっと、寂しい……）

週明けはみんな、たいてい忙しい。夕食も、明仁がいなければ母と二人きりだった。そうすると母も量を食べる人ではないので、「ボクもサラダだけでいい」と言って、ちゃんと食べなさいと叱られたかもしれない。

明仁がいると光流もつられてたくさん食べるから、母も愛子もニコニコしていた。

（明日は、アキちゃんと伊豆か……）

久しぶりのドライブ、明仁の祖父とはいえ知らない人の家に泊まること――不安で仕方ないことがたくさんある。

けれどこの二日間明仁と一緒に過ごして、二人きりが怖くないのも、気詰まりでないのも確認ずみだ。

光流が不安からパニックに陥っても、明仁がいてくれればなんとかなる気がする。

「着替えと、歯ブラシと……」

思いつくまま鞄に詰めていって、自分がワクワクしているのに気がつく光流だった。

★
★
★

約束どおり、十時ピッタリに明仁が車で迎えにくる。曲線が美しいスポーツカーで、こういう車に乗るのが初めてな光流はドキドキする。

無造作に撫でつけた髪。V字の黒いTシャツにジャケット、オフホワイトのパンツというラフな格好。

（アキちゃんって、やっぱり格好いいなぁ）

車に乗るときのエスコートも、慣れないシートベルトでもたもたしている光流を手伝うのも、すべてが様になっていた。

「明仁くん、光流のこと、よろしくね」

「はい。お任せください」

「光流、明仁くんの言うことをちゃんと聞いて、離れないようにね」

「はーい」

見送ってくれる母と愛子は、とても心配そうだ。

けれど光流も家族以外の人間との外出――遠出のうえに、一泊とはいえ泊まり予定なことにひどく緊張している。

相手が明仁でなければ絶対に無理だったし、いざとなったら光一郎が迎えにきてくれると言ってくれなかったら、がんばってみようとも思えなかった。

今だって不安はあるが、明仁とのお出かけを楽しみにもしている。

光流は母と愛子をこれ以上心配させないためにも、内心のワクワクを前面に出して、いってきますと明るく手を振り出発した。

「高速に乗る前に、じい様への土産を買っていくから」

「はーい。何、買うの？」

「チョコレートだ。うちのじい様は、甘いものが好きなんだよ」

「えっ、そうなんだ。ボク、手土産にってお酒を持たされたけど……」

「どっちもいける口だから大丈夫」

明仁はチョコレート専門店に二つ寄り、お勧めを詰めてもらう。

それから車は高速に乗り、途中のサービスエリアで昼食となる。テレビで見たことのある大きなサービスエリアで、駐車場には車がたくさん停まっていた。

遠くまで来たという気持ちと、大勢の人の中に入るのだという不安。光流はビクビクしながら車を降り、隣に来た明仁のジャケットの裾をギュッと握りしめる。

あの賑やかさの中に入るのが怖い。

光流が顔を強張らせて緊張していると、明仁が笑って腕を差し出してくる。

「裾を掴むんじゃなく、腕を掴むといい。昔は迷子にならないよう、手を繋いだよな。手を繋ぐか？」

「もう、子供じゃないから」

からかう明仁に光流も思わずクスリと笑い、明仁の腕を掴んでピタッとくっつく。

（落ち着く……）

こうしていると、安心できる。

明仁に誘導されて中へと入ると、やはりある程度の視線を感じる。けれど外国人観光客もちらほらいるおかげか、ジロジロ見られたりはしなかった。

光流より、むしろ明仁に多くの視線が集まっている気がする。長身で目立つし、男らしい整った美形なので、女性たちが意識してチラチラ見ているのが分かった。

中には露骨に見とれている女性もいるし、明仁にくっついている光流に嫉妬のような視線を向けてくる女性もいる。

今更ながら、モテすぎて会社を辞めたというのに納得がいった。

「……アキちゃん、視線、気にならないの？」

「あー……気にしてたら、キリがない。鬱陶しいが、やめろと言うわけにもいかないしな。無視だ、無視」

「強い……」

見習わなきゃなと、光流は人ではなくサービスエリアのほうに意識を向ける。そして、思っ

ーメン

ていたよりずっと広い空間と、たくさんの食品を売っているのに驚く。

あちこちに名物とか名産品といった言葉が躍り、みんな楽しそうに買い物をしていた。中には牧場コーナーなんかもあって見てみたかったが、まずは腹ごしらえだとレストランコーナーに行き、二人は名物ランチを注文する。

地産地消を掲げ、ちょっと濃いめの味付けではあるが美味しい。そして食べ終わったあとは、お楽しみの買い物だ。

「おっ、この生サラミ、旨い。買っていこう」

「このチーズ、さっきのランチで使ったチーズだって。美味しかったよね」

「肉みそ、ニンニク入り……白米に合うに決まってる」

そんなことを言いながら、二人ともご機嫌であれこれ買い込む。

テレビで見た光景の中に自分がいるのが不思議で、楽しそうな人々の中にちゃんと溶け込んでいると思う。フランス人の祖母似の光流にとって、周囲に埋没できるのは嬉しいことだった。

二人でサービスエリアを思いっきり楽しんで、車へと戻る。

買い物袋を一つにまとめてトランクに積み込むと、車は一路別宅へと向かった。

大きなビルがどんどん減っていき、代わりに自然豊かな風景へと変わっていく。

高速を下りると車は海沿いの道路を走り始めた。

「海だ。久しぶり……」

天気がいいから、海面がキラキラと輝いている。

道中二人であれこれと喋り、サービスエリアでうまくいったこともあって、一度も帰りたいと思うこともなく明仁の祖父の別宅に着いた。

まだ午後もそう遅くない時間で、家政婦に出迎えられて居間へと案内された。

「……………」

光流はカチカチに緊張し、無意識のうちに明仁にくっついてしまう。

明仁は笑って光流の頭をワシワシと撫でた。

「大丈夫。気難しいところのあるジジイだが、偏屈なわけじゃない。相手を見て、気難しさを発揮するんだ」

「そ、そう……」

それは安心していいのだろうかと、内心で首を傾げる。

明仁の祖父は、白く長い髭を蓄えた眼光の鋭い老人だった。

もう結構なお年寄りで、引退もしての隠居生活なのに、覇気に満ち溢れている。

（アキちゃんに似てる……）

顔の作りや雰囲気——特に目が似ている。厳しさと優しさを持ち合わせた黒い瞳——誰よりも強い。

明仁の祖父なんだなと思うと、少し怖さが減った。

「よう、じい様。久しぶり」

手を上げて気軽に挨拶をする明仁の隣で、光流は明仁の腕をギュッと握りしめたままペコリと頭を下げた。

「こ、こんにちは。初めまして。観月光流です。よろしくお願いします」

そこまで一気に言って、ふうっと吐息を漏(も)らす。

明仁の祖父はうむと頷き、ソファーに座るよう促(うなが)した。

「光一郎くんの弟なら、私の孫のようなものだ。肩の力を抜いて寛(くつろ)ぐといい」

「あ、ありがとうございます」

そう言われても、光流の性格的にそう簡単に寛ぐなんてできない。やはりカチカチに緊張したまま、明仁の腕に縋(すが)りついていた。

「これをやる気にさせてくれたことに感謝している。働く必要がないからとダラダラしていては、人間がダメになるからな。しかし、歌とはなぁ。……お前、そんな趣味があったか?」

「ないよ。あまり音楽を聴くほうじゃないし。でも、光流の歌はスッと胸に染み込んできたんだよ。久しぶりに感動したな」

「ほう。ぜひ聴いてみたいものだ」

「お茶を一杯飲んでからだな。まずは木下(きのした)さんのケーキを食べてからでないと……おっ、来た来た」

　ワゴンで運ばれてきたのは、人数分の紅茶とホールのタルト。甘夏みかんがたっぷり乗ったピカピカのタルトに、光流はわあっと目を輝かせた。

「美味しそう……」

「めちゃくちゃ旨いんだよ。ここに来るお楽しみの一つだ」

「まぁまぁ、ありがとうございます。光流様の分は、どれくらいになさいますか？」

「そうだな……俺たちの半分くらいで」

「かしこまりました」

　決して小さくないタルトの四分の一ずつが明仁と祖父に。ええーっ……と思っている光流の前に、八分の一のタルトが。

「……」

　どう見てもこれが普通サイズだよねと思いつつ、二人に倣って口に運ぶ。

「美味しい！　これ、チーズのタルトなんですね」

「坊ちゃまの好物なんですよ」

「濃厚なチーズケーキに、果物たっぷりが旨いんだ。あー、久しぶり」

「旨いうえに、飽きのこない味なのがいい」

　二人にとっては四分の一のタルトもなんということはないらしく、ペロリと食べてしまった。

体格のいい明仁はともかく、祖父のほうはもう結構な年なのにすごいと感心してしまう。

（なんか、ボクより体力ありそう……）

やっぱりもう少し食べられるようになったほうがいい気がすると思いながら紅茶を飲んでいると、明仁に歌ってくれと言われる。

「そうだな……『桜』と『花火』がいい。今回のＣＤの、第一候補だ」

「う、うん……」

まだ不安や怖い気持ちはあるが、歌を聴いてもらうために来たんだからと覚悟を決める。

リビングの隅にはグランドピアノがあって、光流は椅子に座って蓋を開けた。

「すっかり置物と化しているが、調律はしてあるから大丈夫なはずだ」

指で鳴らして鍵盤の重さと音を確かめる。家族以外の人に聴かせるのだと思うとつい緊張してしまうが、明仁がすぐ横に立って大丈夫だと言ってくれた。明仁の祖父が隠れる位置に立ってくれているらしい。

視界に入らなくなったことで、少し体から力が抜ける。

「最初が『桜』がいいな。……しかし、タイトル、そのまますぎないか？」

「人に聴かせる前提じゃないから……」

まず曲ができて、そのあとで詞をつけたりつけなかったりなので、どういうシチュエーションで生まれた曲かの覚え書きのようなタイトルになっている。自分が分かればいいやと思ってつけているのでシンプルなものが多いが、ときにはモヤモヤした気持ちを表したやたらと長いものもある。

光流はスーッと大きく息を吸って、ピアノの弾き語りをする。明仁のリクエストどおり、まずは「桜」。それから「花火」。

「桜」はついこの間だが、「花火」は十歳のときに作った曲だ。明仁と光流に花火大会に連れていってもらって、その想い出を曲にした。ときおり引っ張り出しては編曲を繰り返しているから、一番完成度が高い曲かもしれない。

どちらも楽しい気持ちが込められているから、歌っているとそのときのことを思い出して自然と笑みが浮かぶ。

夢中になって歌い終わると拍手が聞こえて、光流はビクリとする。そういえば祖父がいたんだと思い出した。

「素晴らしい！　美しい曲であり、それ以上に美しい歌声だった。年寄りの胸にも、スッと入ってきたよ」

「あ、ありがとうございます」

どうやら気に入ってもらえたらしいと、ホッとする。

芸能プロダクションの大株主だからというのではなく、明仁の祖父に気に入ってもらえたのが嬉しかった。

明仁にエスコートされてソファーに戻ると、明仁がお代わりの紅茶を注いでくれる。

渇いた喉に、少し冷めてぬるくなった紅茶が美味しい。

「なるほどなぁ……この声は、確かに世に出したくなる。しかし、光流くんは人前に出られんのだろう？　どうするつもりだ」

「光流の名前と顔を一切出さずに、正体不明で売り出すつもりだ。テレビには出られなくなるが、問題ない。光流も家族も騒がれるのは望んでいないし、素性を隠して音楽活動をする人間は多いからな」

「本当に道楽だのぅ」

その言葉に、明仁はニヤリと笑う。

「贅沢で、楽しい道楽だよ。じい様も、才能ある人間に投資をするのが好きだろう？　俺は投資だけじゃなく、自分で作り上げられるんだぞ。楽しいに決まってる」

「うらやましいことだ。……いいだろう。好きにワシの名を使うといい。なんなら、株をお前に譲渡してしまうか？」

「いや、ただの大株主になるより、じい様の名前が欲しい。俺は名代として動いたほうが効果的なはずだ」

「したたかなやつめ。面白そうだから、進捗状況を事細かに教えるように。それが条件だ」

「ああ。いざとなったらじい様にも登場してもらうからな」

「それは面白い。楽しみにしていよう」

祖父と孫との会話というにはどこか剣呑で、二人ともちょっと悪い顔をしているが、どうやら話がついたらしい。

光流は言われるがままスマートフォンを出して、アプリのグループ登録をする。ＣＤプロジェクトの連絡用で、ここに進捗状況や予定を書き込むとのことだった。

（ほ、本当に作るんだ……そりゃあ、そのために伊豆まで来たのは分かってるけど……）

久しぶりに明仁が家に来てからというもの、どうにも気持ちがフワフワしていて今一つ現実味に欠ける。

あまりにも嬉しくて、楽しくて、夢なのかなぁと感じているのかもしれない。

「さて、と。光流の部屋に案内するか。荷物を置いて、明るいうちに散歩しよう」

「うん」

二階の客間に鞄を置いて、外に出る。

海辺に作られた別宅は、砂浜部分が少しと、岩場に囲まれている。波打ち際を靴が濡れないよう歩いて、ときおり来る大きな波に慌てて逃げたりする。

「岩場には、小魚がいたりするぞ」

「へー」

ただちょっとばかり足場が悪い。心配した明仁に手を繋いでもらって岩の上を歩いていると、フジツボやカニを発見する。

それに、何やら黒くてサササッと動く、アレに似ているたくさんの生き物。

「ひあぁぁぁ」

思わず助けを求めるように明仁にしがみつき、ぶるるっと震える。

「き、気持ち悪いっ」

「……………」

明仁が一瞬、体を硬くしたのが分かって、もしかして明仁も気持ち悪かったのかなと顔を見るが、特にいやがっている様子はない。

今の間はなんだったのかと思うほど、平然とフナムシを眺めていた。

「フナムシか。ゴキブリに似てるよな～。まぁ、害はないから気にするな」

「気にするなと言われても……」

「襲いかかってくることはないし、勝手に逃げるんだから大丈夫だって」

「分かってはいるんだけど……」

生理的な嫌悪感は、頭で理解していても排除できない。見た目と動き――視界に入るとゾワゾワしてしまう。

「見ない、見ない。……あ、ほら、小魚がいるぞ」

明仁が指差した場所は打ち寄せた波で水溜まりができていて、そこに小魚が入っている。

「わぁー」

思わず身を乗り出すと、「こらこら危ないぞ」と明仁に腰を引き寄せられる。

明仁の大きな手を感じ、硬い腕の感触が伝わってくる。光流などすっぽりと収まってしまいそうな、大きくて逞しい体格にドキリとした。

「あ、あの……ありがと。ここって、魚釣れるのかな？」

「ここは小魚ばかりだから、つまらないぞ。釣りなら船を出してもらったほうがいい。やってみるか？」

「やってみたい」

「了解。じい様に船を出してもらおう」

「おじい様？」

「クルーズが趣味だから、ここに移ってきたんだよ」

てっきり穏やかな老後のための隠居生活だと思っていたのに、少し違うらしい。

「すごいなぁ。アクティブでうらやましい」

そうして二人で岩場をあちこち見て回って、別宅に戻る。

「ここの風呂は海が一望できるから、絶対、明るいうちに入ったほうがいい。反射ガラスだから、外から見られないしな」

「それはいいね～」

「しかも、温泉なんだぞ～」

すごいだろうと明仁は嬉しそうだが、まだ十八歳の光流には温泉の喜びは分からない。湯冷めしにくいくらいにしか思っていなかった。

(でも、景色がいいのは嬉しいな～)

浮き浮きしながら着替えを手に二階の浴室に行って、目の前に広がる海に「わ～」と喜ぶ。髪と体を洗って浴槽に浸かり、窓枠に手をかけて景色を堪能した。

「贅沢だなぁ」

ゆっくり浸かってホカホカになり、部屋に戻る。

ドライヤーで髪を乾かしていると、明仁がやってきた。

「アキちゃん、髪濡れてるよ」

「放っておけば乾く」

「風邪ひいちゃうから」

光流は明仁を椅子に座らせると、肩にかけていたタオルで髪を拭く。ザッと水滴を拭って、ドライヤーをあて始めた。

「この部屋はどうだ？　足りないものはあるか？」

「大丈夫。必要なものは揃ってるし、落ち着く部屋だね」

「客間っていうより、友人部屋だからな。光一郎が来たときもここに泊まってるぞ」

「そうなんだ。……あっ、だからラックに入ってるＤＶＤがホラーばっかりなのか。これ、コウちゃんの趣味だよね？」

「そうそう。疲れたときと、酔っぱらったときはホラーにかぎるって言って、置いていった」

「わけが分からないよね。仕事に就いてからやたらと本数が増えたし、ストレスが溜まってるのかなぁ」

「仕事は大変だからな。人間関係の問題もあるし。あいつは跡取りとして修行中だから、ストレスも多いんだろう」

「かわいそうなコウちゃん……ホラーに付き合わされるの迷惑だけど、我慢しよう……」

「そうしてやってくれ。うちの天使ちゃんを抱えながらのホラー鑑賞が癒やしだと言っていたからな」

「め、迷惑……」

それに、外でも自分のことを「天使ちゃん」と言っているのかと思うと、恥ずかしくて仕方ない。

年の離れた末っ子のせいか、家族は光流にだけひどく甘い。もともとベタ甘だったのに、中二の事件以来、そこに過保護が加わった。

「そういえば明日、クルーザーを出してもらうことになったぞ。沖に出れば、釣りも楽しめる」

「そうなんだ。嬉しいな」

「一泊の予定だったが、二泊になりそうだ。電話しておいたほうがいい」

「はーい」

明仁の髪が乾いたのでドライヤーを置いて、スマートフォンで家に電話をする。それから鞄を開けて、手土産にと預かった日本酒とウイスキーを取り出した。

「アキちゃん、これ、おじい様にあげて大丈夫？」

光一郎の提案で用意された手土産がアルコールのみというのはどうだろうと、少しばかり心配になってしまったのだ。

しかし明仁は目を輝かせ、絶対に喜ばれると太鼓判を押してくれる。

「この日本酒は、今から冷やしたんじゃ間に合わないな。俺も飲みたい……明日の夕食にでも……こっちのウイスキーは、次に来るときまで開けないでおいてもらおう……」

ブツブツと、自分も飲む方向で考えているから、アルコール好きにとってはいい手土産らしいと分かる。光流はホッと胸を撫で下ろした。

そろそろ夕食だからと一階に下りてリビングに行くと――ダイニングテーブルには舟盛りがドーンと置かれていた。

「家で舟盛り……」

目を瞠(みは)って呟く光流に、明仁の祖父がカッカッカッと笑う。

「このほうが盛り上がるからのう。普通に皿に盛るより、楽しいだろう？」

「た、確かに……すごい豪華です」

コクコクと頷いて椅子に座ると、すぐにご飯と味噌汁が運ばれてきた。

「少ししたらステーキを焼いて持ってきますね」

「さらに、ステーキも？」

「伊豆牛は旨いからな。さぁ、食べなさい、食べなさい。光流くんは、ちょっと細すぎる。たくさん食べて、少し太ったほうがいいぞ」

「はい、いただきます」

老齢にもかかわらず、自分よりガッシリとしていて頑健そうな祖父に言われれば、素直に頷くしかない。いただきますと言って、ヒラメに箸(はし)を伸ばした。

「美味しい……」

「ワシのお勧めは、カワハギだ。肝(きも)をこっちの小皿に入れて、肝醤油にするといい。で、カワハギの身をつけて食べる。うーむ、旨い」

明仁の祖父を真似て食べてみて、その味に思わず笑みがこぼれる。

「肝が生臭くない……濃厚で美味しい」

「そうじゃろう？　伊勢海老も肝醤油で食ったほうが旨いぞ」

「甘ーい。美味しーい」

伊勢海老のプリプリの身は刺し身に、頭は味噌汁に入っている。イカなんて、まだ半透明でシャキッとしていた。

「どれも、全部美味しい……」

さすがに海辺なだけはあると、新鮮な刺し身に舌鼓を打っていると、焼きたてのステーキが運ばれてくる。

「おっ、旨そう」

肉好きな明仁は目を輝かせ、箸で食べられるよう切ってあるそれを、別添えのソースにチョンチョンとつけて食べる。

「これも、美味しい～」

「伊豆は、魚も肉も旨くてなぁ。クルーズも気軽に楽しめるし、我ながら夢の老後じゃ。……ちょっと退屈だが」

その言葉に、明仁が分かる分かると頷いている。

「忙しいのと、わずらわしい人間関係にうんざりして会社を辞めたのに、しばらくすると退屈でどうしようかな……と思うんだよな。いつ寝ても起きてもいいし、着替えも必要ない生活を送ってると、どんどんダメになっていく……」

「ワシはちゃんと七時に起きて、着替えもするぞ。お前はだらしなさすぎる」

「何もかも面倒くさく感じるんだよ。いや～、いいときにＣＤの話をもらった。あのままダラダラ生活を続けてたら、まずかった気がする……」

「情けないやつめ。きちんと、己を律して――……」

「はいはい、分かってる、分かってる。あー、肉が旨い。光流、刺し身ばっかり食ってないで、肉もたくさん食えよ。米が進む」

「お肉も美味しいけど、こんな新鮮なお刺し身、なかなか食べられないし。あー、美味しい」

「それじゃ、ちょっと肉をくれ。光流には多いだろう？」

「うん。半分くらいどうぞ。その分、お刺し身を食べるから」

どう見ても二百グラムくらいありそうなステーキ肉に刺し身は、光流には多すぎる。半分でちょうどいいというものだった。

おかげで光流は心置きなく刺し身を堪能し、サシの入ったステーキを楽しみ、満腹になって箸を置く。

「ご馳走(ちそう)さまでした。美味しかったぁ。カワハギの肝醤油が最高」

「そうだろう、そうだろう。ワサビ醤油と肝醤油を交互につけると、いつまでも食べ飽きないのが素晴らしい。伊豆はワサビが名産でもあるからな」

「香りが強くて、新鮮で、すごく美味しかったです。うーん、お腹いっぱい」

「光流、たくさん食ったもんな。俺もちょっと食いすぎた」

三人でソファーに移動して、やわらかなクッションの上でグデッとなる。

「ああ、日本茶が美味しい……ツルンとした水羊羹(みずようかん)も美味しい……あんこの甘さが優しいです」

「腹いっぱいでも食えるもんだなぁ」

「デザートは別腹じゃ」

母と姉からよく聞く言葉を明仁の祖父が言い、水羊羹のお代わりまでもらっている。

（……ご飯もお代わりしてたよね。どう考えてもボク、負けてる）

一六八センチにして成長期は終わってしまった気がするものの、細くて薄い体は努力でなんとかなるかもしれない。七十歳すぎの老人に食べる量で負けるのは、あまりにも情けなかった。

明仁の祖父が、お気に入りだというオーケストラのレコードをかけてくれて、まったりとした時間を過ごす。

そして夜も更けたところで、寝るために部屋に戻ることになる。

光流は鞄の中から取り出したパジャマに着替えて、歯を磨いてから隣の明仁の部屋を訪問する。

コンコンとノックをして、出てきた明仁に「一緒に寝よう」と言った。

「ダメだ」

まさか断られると思っていなかったので、光流はキョトンとしてしまう。

「なんで？　一昨日（おととい）は一緒に寝たのに」

「あのときは、光一郎がいただろう」

「うん」

だからなんだというのかと首を傾げていると、明仁はふうっと溜め息をつく。

「俺は光流が好きなんだ。弟みたいにではなく、恋愛感情という意味で。光流が可愛くて、好きだ。だから光一郎が一緒ならともかく、二人きりで寝るのはまずい」

「え？　え？」

（す、好き……？　好きって、言った？　恋愛感情の、好き……？）

あまりにも驚きすぎて、思考停止状態になる。明仁の言葉が頭の中をグルグルと回り、内容を浸透させるのに時間がかかった。

動揺し、固まったまま動けない光流に、明仁は苦笑しながら言う。

「だからって、惚れた欲目でＣＤ話に乗ったわけじゃないぞ。ちゃんと光流の歌に惚れ込んでいるから、そこは勘違いしないでくれ」

「は、はぁ……ありがとう？」

混乱しながらも、褒められているからと礼を言って、クスリと笑われる。

男の色気が滴る、今までに見たことのないような笑い方――光流はドキリと心臓が跳ねるのを感じた。

「光流は本当に可愛いな」

声にも色気が乗せられ、頬を撫でられると背筋がゾクゾクする。

優しく熱い瞳で見つめられて、血が沸騰するような感覚を生まれて初めて味わった。

「光流も、俺のことが好きだろう？」

「そ、それは……」

もちろん好きだけれど、明仁と同じ意味合いでとは思えない。そんなこと、考えたこともないのだ。

「分かってる。兄の友人とか、年上のお兄さんとしての好きなんだよな？　でも、ただの『好き』じゃないと思うし、惚れさせてやるから覚悟しろ」

「ほ、惚れ……」

どうしていいか分からず呆然としていると、チュッと額にキスをされる。そしてクルリと後ろを向かされ、グイグイ押されて自分の部屋に送り込まれた。

「それじゃ、明日の朝食は八時だから。おやすみ」

パタリと背後で扉が閉められたが、光流は立ち尽くしたまま動けない。

「………」

告げられた内容の衝撃に、光流の頭は固まったままだ。

ヨロヨロと歩いてベッドに倒れ込むと、呆然と天井を見つめた。

「アキちゃんが、ボクのことを好き？　恋愛感情で…って……」

同級生に襲われたトラウマで、一人で外に出られなくなっている光流である。明仁にそんな感情を持たれていると知ったからには怖く思いそうなのに、なぜか明仁は大丈夫だった。

「だってアキちゃんだし……」

兄の親友で、それこそ生まれたときから知っている。小さな子の面倒なんて鬱陶しかっただろうに、まとわりつく光流を構い、相手をしてくれた。

忙しい父や、人混みが苦手な母の代わりに遊園地や花火大会、プールに海——いろいろなところに連れていってくれた。

だから光流が作った歌の大半に明仁との想い出が詰まっている。

明仁が就職してから会える機会が減って寂しかった気持ち——襲われた衝撃、恐怖——そういえばあのときも、家族以外で大丈夫なのは明仁だけだった。

光一郎が明仁にだけは光流が襲われたことを教え、駆けつけてくれた。

襲った同級生たちに対して怒りを見せ、光流は悪くないと言い、慰めてくれた。

光一郎の友人たちの中でも明仁は特別で、光流の中でも特別な存在。大人で、優しくて、頼もしくて、鷹揚(おうよう)で豪快なところもあって……光流の理想。その明仁が、光流を可愛いと、恋愛感情で好きだと言われた。

初めて見る男の顔で、色気を滴らせて、惚れさせてやると言われたことを思い出し、光流は顔を真っ赤にしてゴロゴロ転がった。

「は、恥ずかしいけど、嬉しい……嬉しい？　嬉しいんだ……。そりゃあ、アキちゃん好きだけど……でも、どういう好き？」

明仁は大人で、光流は子供。一応十八歳にはなったけれど、中二から引きこもっている自分の精神面や社交面が同年代より劣っているのを自覚している。特に恋愛面は、あのときのまま止まっていると言っても過言ではない。

そんな光流を恋愛感情で好きと言ってくれるのかと、光流は真っ赤になったまま枕を抱えてゴロゴロと転がりまくる。

「二人きりで寝るのはまずいって……そういう意味だよね？　ほ、本当に？」

男同士で恋愛が成り立つのも、セックスできるのも知っている。明仁の言う「恋愛感情」や「二人きりになるのはまずい」というのはつまり、光流に欲情するからという意味に取っていいと思う。

「ボクが抱くほう……なわけないから、抱かれるほうなわけで……だ、抱かれる？　アキちゃんに？　うーわー……」

枕を抱えてのゴロゴロがとまらない。考えても考えてもどうしていいか分からず、光流はうーうー唸りながらいつの間にか眠りに入っていた。

自分でも気がつかないうちに眠り込んだ光流は、コンコンというノックの音で目を覚ます。

「光流～、七時半だぞ。そろそろ起きろ」

「はぁい——……」

寝ぼけながら返事をして、なんだかあまり寝た気がしないなぁと欠伸を漏らす。

どうしてだろうと考えて、パッと昨日のことを思い出した。

（ア…アキちゃんが、ボクのことを好きって……夢？　現実、だよね？　でも、本当に……？）

好きだと言われ、大人の色気を振りまいた明仁。

「うわぁ……」

あのときのことを思い出すと顔が赤くなり、全身がムズムズする感じにやっぱりゴロゴロしてしまう。

「ど、どうするの？　どうすればいい？　どうしよう……」

どんな顔で明仁と会えばいいのかと、オロオロワタワタ。あうあう言いながら動揺しまくっていたが、ハッと我に返る。

「いけないっ。早く着替えて、下に行かなきゃ」

わざわざ起こしてくれたのに、朝食の席に遅刻するのはよろしくない。

昨夜は明仁の突然の告白でアラームをかけるどころではなかったので、起こしてもらえて助かった。

光流は慌ててベッドから起き出して服に着替え、洗面道具を持って部屋を出た。

明仁に会ったらどうしようとビクビクしながら浴室に行き、洗面台で顔を洗って髪を梳かす。

そしてまたビクビクと部屋に戻り、椅子に座ってソワソワした。

「朝ご飯、八時……そろそろ行ったほうが……で、でも……」

明仁と顔を合わせるのが気まずい。恥ずかしい。照れる。どんな顔をすればいいのか分からないと困っていると、ノックのあとにガチャリと扉が開いた。

「光流、飯を食いに行くぞ」

「あぁ……うん、はい……」

まだ心の整理がついてないのにとあたふたして、明仁にニヤリとされる。

「俺のこと、ちゃんと意識してるな。拒否反応もないようだし、いい兆候だ」

「あぅ……」

なんと返していいか分からず口をパクパクさせていると、明仁が笑って光流の手を掴む。

「ほら、行くぞ。遅れると、じいさんがうるさい」

「………」

繋がれた手を引っ張られて、光流は顔を赤くしたまま一階に連れていかれる。

明仁の手は光流よりずっと大きくて、ごつくて、硬くて――同じ男でも、光流とは全然違う。もちろん身長も体格もまったく違うから分かっていたはずなのに、実際にこうして触ってみるとはっきり認識させられる。

（アキちゃんは大人の男の人で……頭が良くて、顔も良くて、相手なんてよりどりみどりで……）

どうして情けない自分なんかを選んでくれたんだろうという疑問が、頭を離れない。それこそ光流が赤ちゃんのときから可愛がってくれたようだから、親愛の情はあると思う。例の事件で引きこもりになってしまった光流に、憐憫も感じているかもしれない。

自分が庇護欲をそそるタイプらしいというのは、両親や祖父母たちの兄や姉に対するものとはまったく違う構い方を見れば分かるし、それなのかな……と思わないでもなかったが、そこに性欲がプラスされるとなると違う気がする。

赤ん坊のときからずっと優しいお兄さんだった明仁が、いったいいつ自分に恋愛感情を抱いたのか聞いてみたい……が、そんなことできるはずもなかった。

光流は内心でワタワタと動揺しまくりながらリビングへと連れていかれる。

「ああ、今日はテラスで朝食か。天気いいもんな」

リビングから外に出られるようになっていて、すでに明仁の祖父が座っている。

手を繋いでいるのを見られるのが恥ずかしくて手を引っ張ると、明仁はすんなり離してくれた。

扉を抜けてテラスに出て、挨拶をする。

「おはよう」

「おはようございます……」

明仁によって席まで案内され、椅子を引かれてエスコートをされてしまった。

明仁の祖父が面白そうな顔で見ていて、思わず顔が赤くなる。

「なるほどなぁ。そういうことか。まぁ、いい。朝食だ」

突っ込まれなくてよかったが、朝食優先なのかと不思議な気もする。

オレンジジュースとサラダが運ばれてきて、卵はどうするかと聞かれる。明仁がスクランブルにしてくれと言ったから、光流も同じものをお願いした。

「……わぁ。このオレンジジュース、すごく美味しい」

「伊豆はみかんの種類が豊富で、どれも旨い。今はちょうど時期だから、搾りたてなんじゃゃ」

「贅沢ですねぇ。うう～ん、美味しい」

そこに焼きたてのパンがやってきて、熱いですよと皿に載せられる。

「熱っ……本当に熱い……いい匂い」

熱い熱いと言いながら割ると、中からホワンと香りが立つ。

光流は胸いっぱいそれを吸い込み、千切ったパンを口の中に放り込む。

「搾りたてのみかんジュースと、焼きたてパンは旨いのう。今日は天気がいいし波も穏やかだから、クルーズ日和だ。光流くん、しっかり食べておきなさい」

「はい。パン、すごく美味しい」

「そうだろう、そうだろう。海を眺めながらの食事は、さらに旨く感じる。魚が釣れたら、昼食はその場で捌いて刺し身にするからな」

「楽しみです！　絶対、釣りたい～。釣りたてをその場で捌いて……なんて、したことないです。カワハギ、釣れますか？　あれ、すごく美味しかった」

「釣りは運しだいだからのう。ワシとしては、アイナメかカサゴが釣れると嬉しいんだが」

光流はどうにも恥ずかしくて、明仁が見られない。結果、明仁の祖父とばかり話をすることになった。

明仁の顔を見て、目が合ったりしたら、絶対に顔が真っ赤になる。アワアワとおかしな態度になってしまうかもしれない。

そんな光流を、明仁が面白そうに見ている。

視界の端に映る明仁に、光流は意識しちゃダメだ、顔を赤くしちゃダメだとがんばるのだった。

朝食が終わり、出かけるための支度をすることになるが、光流にはすることがない。歯磨きをして、財布を取ってくるだけだ。

玄関に行ってみると、大きなクーラーバッグが置かれていた。

あとからやってきた明仁が、それを祖父のらしい車に積み込む。そして他人の車は運転しにくいとのことで、光流とともに後部座席に座って出発となった。

そう遠くない場所に小さなマリーナがあって、明仁の祖父のクルーザーはその中で一番立派なものだった。

「うわー……格好いい」

光流が見とれていると、クーラーバッグを持った明仁が手を貸して乗り込ませてくれる。

「そうだ。これ、酔い止めの薬。飲んでおいたほうがいい」

「ありがとう」

クルーザーに乗るのは初めてだから、光流はありがたく受け取って一緒に渡された水で流し込む。

「中を案内するよ。これを冷蔵庫に入れるから、まずはキッチンだな」

さすがに大きくはないが、水道やコンロなど必要なものが揃っているキッチン。明仁と協力して、飲み物やサラダなどを冷蔵庫に詰めていく。

大きなベッドのある寝室にシャワー室、トイレ。どこもピカピカで、とても綺麗だった。

光流はきゃっきゃっとはしゃいで、デッキへと移動する。動き出す船にキョロキョロしていると、明仁が鞄から日焼け止めを取り出した。

「光流は白いから、焼けると大変だぞ」

そう言って、顔に塗ってくれる。

大きな手に優しく塗られて、光流は顔を赤くして俯(うつむ)いてしまう。

「こらこら、下を向くな。上を向いて、ちょっと目を瞑って」

丁寧に首まで塗られ、それから手にも。自分を扱う明仁の手つきが甘くて優しいから、ついつい昨日の告白を思い出してしまう。

好きだ、惚れさせてやると言った明仁の大人の色気が頭に思い浮かぶと、「うわぁ」とのた打ち回りたくなるほど恥ずかしい。照れる。

ものすごく困るが、いやではない。昔から格好いいなぁと憧れていた人が好きだと言ってくれるのはやっぱり嬉しい。

甘い目で見つめられたり、可愛いなと言われると心臓が止まりそうになって怖いが、やっぱりいやではなく嬉しいと感じる。

相手は男で、自分のことを恋愛感情で好きだと言っているのに……と、自分でも不思議で仕方なかった。

「て、天気がよくて、よかったね」

「ああ。海が綺麗だ」

天気がいいから海面がキラキラと光り、青い空と海の色がとても美しい。暑いくらいの日差しに、風が気持ちよかった。

明仁の祖父はサングラス姿で操縦していて、なんとも頼もしい。

「おじい様、格好いいなぁ」

明仁の、何十年後かの姿のようで嬉しくなってしまう。

「光流くんは、無邪気で可愛いのう」

「こんなに喜ぶなら、俺も一級船舶の免許を取るかな」

「そうしなさい、そうしなさい。そうしたら、帰りを任せて酒が飲める。ビールを我慢するのがつらいんだよ」

「……なるほど。免許取るの、やめるかな。ビールを心置きなく飲みたい」

「ひどい孫じゃ！　ジジイ苛(いじ)めかっ」

仲が良く、似た者同士の祖父と孫の会話に、光流はクスクスと笑う。

初めて見る明仁の一面。いつだって大人に見えていた明仁の孫としての顔は、なんだか妙に可愛く見えた。

祖父と孫とが軽口を叩(たた)いている間に、船が沖に出る。岸からずいぶんと離れたところで停まって、錨(いかり)が下ろされた。

「よーし、この辺りで釣りにしよう」

釣竿(つりざお)を渡され、餌のつけ方や投げ方をレクチャーされ、やってみる。

「気長にな。焦っても釣れるものじゃないから」

「はーい」

床に座り、海が綺麗だな～と思いながらぼんやりと浮きを眺める。

（意外と揺れるな～。酔い止めの薬、飲んでてよかったかも……）

動いているときは気にならなかったのに、停まってからの微妙な揺れはちょっといやな感じがする。

酔いやすいほうではないのだが、「これは絶対に酔うよね！」という感覚があった。

寛いだ気持ちでボーッとしていると、浮きがツンと少しだけ下に潜る。

「……ん？」

今の動きは変だった気がすると、前のめりになって浮きを見つめる。

「ん？　ん？　アキちゃん、なんか釣れてる気がする」

「おっ、本当だ。光流、いきなり上げるなよ。少しずつリールを巻くんだ」

「うんっ」

明仁に教わり、タイミングを見計らいながらリールを巻いていく。

「……あっ、見えた！　アジかな？　アジっぽい」

「よーし、そのままソッと上げてくれ」

長い柄のついた網を持った明仁が、海面に上げたアジを確保してくれる。

そのままデッキまで持ってきて、針を抜いたアジを氷の詰まったクーラーバッグに入れる。

「釣れたー。やったぁ！　アジのお刺し身、大好き」

「おおっ、こっちも来おった。これはなかなかの大物じゃ」

「……ん？　俺のにも来てる気がする。まずいっ。竿が引っ張られる」

明仁が慌てて置いておいた自分の竿に飛びついて、網を光流に渡す。

「光流、それでじいさんの獲物を取ってやってくれ。身を乗り出しすぎて、落ちるなよ」

「はーい」

光流は竿を置いて網を掴み、祖父の隣に行く。

「あれ？　ボクのときと竿のしなり方が全然違う」

「これは、アジじゃないからのぅ。いい手応えじゃ」

魚とのしばしの格闘のあと、海面へと上がってきた魚影はかなりの大きさがある。

「……なんだろう？　カツオ？　サバ？」

「カツオではないな。サバあたりか」

光流が網を魚のほうに寄せていき、中に入れる。

「入った！　けど、ううっ……重いかも……」

柄が長いから、ものすごく重く感じる。上に持ち上げるのに苦労していると、明仁の祖父が竿を置いて手伝ってくれた。

「今の子はか弱いのう。やっぱり、もっと肉を食わんと」

そう言って軽々と扱うものだから、否定できない。何しろ昨日の夕食だって、明仁の祖父は刺し身もステーキも光流よりたくさん食べていたのである。

老齢にもかかわらずいともやすやすと網を引き上げ、サバから針を取る。

「いい大きさのサバじゃ～。これは持って帰って、塩焼きと味噌煮と……楽しみだのう」

「じいさん。こっちも釣れた。イサキだな、これは」

「ほいほい」

こんなふうに、ちゃんと釣れると楽しい。光流は自分の針に餌をつけ、海に糸を垂らした。

二時間ほどの釣りなのに釣果はなかなかのもので、大量のアジやサバの他にイサキも釣れた。

早速これで昼食にしようと、明仁の祖父と一緒に釣った魚を捌いていく。明仁は料理ができないので、テーブルセッティングのほうをしてもらった。

祖父がイサキを、光流はアジを調理する。

「刺し身と、なめろうと、塩焼き～」

「釣りたてのイサキは、刺し身にかぎるのじゃ～」

釣果があるのを前提に用意してくれた昼食は、お握りと味噌汁、出汁巻き卵だ。釣れなかった場合に備えてか、塩むすびではなく梅干しが入っている。これに活きのいい刺し身や塩焼きが加われば立派にご馳走で、三人は「うまーい」と舌鼓を打つ。

お腹いっぱい食べて片付けをしたあとは、デッキにゴロリと横になってボーッと海を眺める。高反発のマットを敷いたから体は痛くないし、気持ち良くて思わずウトウトしてしまったりする。

明仁はビールを飲みつつイヤホンで音楽を聴き、祖父は読書と、思い思いにのんびりとした時間を過ごした。

いつの間にか昼寝に入っていた光流は、ブルンという振動とエンジン音で目を覚ました。

ぼんやりしながら目を開けてみると、体に毛布がかけられている。

「おっ、起きたか。陽が落ちる前に帰るぞ」

「ふぁ～い」

寝ぼけたまま大きく伸びをし、毛布を畳んで立ち上がる。マットのほうは、明仁が畳んで戸棚へと運んでくれた。

「なんか、すごく気持ちよかった……」

「あの微妙な揺れと、波の音がいいんじゃないか？　俺も久しぶりに、健全にのんびりした気がする。ダラダラとのんびりは、同じようで違うな」

「そうかもねー。とりあえずアキちゃんは、起きたら着替えることから始めるといいと思うよ」

「一人だと、面倒くさいんだよなぁ」

船首に立って近づいてくるマリーナを眺め、背後の海を名残惜(なごりお)しく感じる。

「釣り、楽しかったな～」

「釣れると面白いよな。釣れなくても、クルーズを楽しむために来たんだからと負け惜しみを言えるし」

「実際、クルーズだけでも気持ちよくていいよね」

クルーザーがマリーナにつくと、それぞれ荷物を持ってクルーザーを降りる。そして停めておいた車にそれらの荷物を入れて乗り込み、戻ることになった。

「いいクルーズだったのぅ」

ご機嫌で運転してくれている明仁の祖父に、光流は礼を言う。

「連れてきてくれて、ありがとうございます。すごく楽しくて、気持ちよかったです」

「そうだろう、そうだろう。クルーズ仲間が増えて、嬉しいのぅ。ワシも連れがいたほうが楽しいから、また気軽に泊まりにきなさい」

「はい、ぜひ。ありがとうございます」

この人は明仁の祖父で大丈夫な人と、光流は完全にガードを外して懐(なつ)いている。何しろ顔立ちも気配も明仁に似ているから、一緒にいても怖くないのだ。

クルーズのおかげで最後の警戒心もなくなり、光流はきゃっきゃっとはしゃいで釣りたての刺し身と塩焼きが美味しかった、釣りって楽しいと喋る。

「今度はぜひ、カワハギも釣りたいのぅ。雑魚扱いされたりもするが、あれは本当に旨い」

「身も肝も美味しかったですもんね。あれの釣りたてピチピチか～」

それはさぞかし美味しいだろうと、また近いうちに来ることを約束する。

別宅に戻ると風呂に入って潮を落とすよう言われたので、着替えを持っていそいそと二階のフロアに行く。

髪と体を洗って浴槽に浸かり、フーッと大きく息を吐き出す。

「気持ちいい～。海を見ながらのお風呂って、ホント贅沢。……あ、船だ。あのマリーナに戻るのかな？」

ご機嫌のまま風呂を出て髪を乾かし、リビングに行く。するとすかさず冷たいオレンジティーが出され、爽やかな香りとほのかな甘みにうっとりする。

「美味しいです。ありがとうございます」

「お代わりは、このポットに入っていますから。私はみなさまが釣ってこられた魚の調理をいたしますね」

「ボクもお手伝いしていいですか？　サバは無理ですけど、アジなら捌けます」

「あら、嬉しい。アジがたくさんあったので、干物にしたいんですよ」

「アジの干物も美味しいですよね～」

光流はグラスを持ってキッチンに移動し、サバを三枚に下ろすのを見学させてもらう。それから、ひたすらアジの処理をした。

「アジ、何匹釣ったんだろ？　ここにあるのが十二匹で、お昼に食べたのが――……六匹。十八匹かぁ。楽しかったな～」

「それはようございました。旦那様も楽しそうですし、またぜひいらしてくださいね」

「はい。近いうちに来るって約束したので、よろしくお願いします」

男性は子供以外は平静でいられないが、女性はわりと平気だ。意地の悪い目で見てこられると硬直してしまうものの、そういう女性はあまり多くない。

五十歳くらいの木下という女性はおっとりと優しそうで、光流を怖がらせない。料理のコツを教わりながら夕食を作り、ダイニングテーブルへと運んだ。

昼食が刺し身たっぷりだったので、夕食のメニューは馬刺しとサバの味噌煮、アジで出汁を取ったツミレのすまし汁。野菜も食べなさいということで、一人ずつ小さな蒸籠（せいろう）の蒸し野菜もある。

ポン酢で食べるそれは美味しいのだが、明仁と祖父にとってはそそられない一品らしい。嬉々（きき）としてお代わりをする味噌煮やすまし汁と違って、渋々といった顔で食べていた。

（か、可愛い……かも？　おじい様がいるせいかなぁ？　アキちゃんが、子供っぽい……）

伊豆に来てから、明仁のいろいろな表情が見られて嬉しい。

少し距離のあった「大好きな兄の親友」が、すぐ側にいてくれる。兄のついでではなく、光流のために一緒にいてくれる。それが、嬉しくて嬉しくてたまらなかった。

（ボクだってアキちゃんを好きなのは分かってるけど、どういう好きなのか分からない……）

家族に対するものとは違うが、だからといって一足飛びに恋とも思えない。中二で引きこもりになってしまった光流は、あまりにも交友関係が薄かった。

襲ってきたのがごく普通の同級生で、その中の一人は友達とも言える仲で――だからこそ誰も信用できなくなり、家族以外の人間が怖かった。それゆえすべての交友関係を断ち切って、家から出られなくなったのである。

それからは家族に守られ、甘やかされてきたから、光流の経験値は中二のときとあまり変わらなかった。

恋愛もしてきていないので、明仁への気持ちを探ろうにも比較対象できるほどのサンプルがない。

（アキちゃんに見つめられたり、手を繋がれたりすると、心臓が跳ね上がるんだよなぁ……アキちゃんが格好いいから？　あの、大人の男の色気は、誰にだって有効な気がする……）

そんなことをグルグルと考えながら夕食を終え、ピアノを借りて気が向くまま弾き始める。

楽しかったクルーズと釣り、明仁へのモヤモヤした気持ち。出てきた音やフレーズを紙に書き込みながら、ひたすら自分の考えに没頭する。

思い出を残す、気持ちを整理する――どちらも光流にとっては曲作りに繋がる。カウンセラーにも勧められた方法は、溜め込みやすい性格の光流を安定させてくれた。

ふと集中が途切れた瞬間にリビング内を見回してみると、明仁と祖父はソファーに座って酒盛りをしている。光流が手土産として持たされた日本酒で、アジの刺し身を楽しんでいるらしい。

(夕食のときも飲んでたよね。気に入ってくれたみたいでよかった)

ご機嫌な二人が、光流の手土産と今日釣った魚を喜んでいるのが嬉しい。

(来てよかったなぁ。アキちゃんってば、可愛い)

十一歳も年上で、いつだって大人で保護者的立場だった明仁を相手に、まさか可愛いと感じる日が来るとは思わなかった。

年が違いすぎてある意味では近寄りがたいところのある明仁が、とても身近に感じる。明仁と久しぶりの再会を果たしてからというもの、光流は明仁のことばかり考えている気がする。

(CDを出すとか、好きだって告白されるとか、怒涛の展開……)

いろいろなことが重なって溜まっていた感情を、音楽に変えていく。

光流は夢中になってピアノを弾き続けているうちに、ときおり頭がぼんやりとするようになる。

（ちょっと、眠い……かも……？）

まだまだ出てきそうな音を出し尽くしてしまいたいという気持ちと、やわらかなベッドの誘惑。

少しずつベッドの誘惑のほうが大きくなってきたところで、明仁にストップをかけられた。

「もう限界みたいだな。ピアノに突っ伏しそうじゃないか」

「う……」

どうやらウトウトしていたところを見られていたらしい。恥ずかしい……とっととベッドに行けばよかったと思っていると、明仁にヒョイと抱き上げられた。

「ア、アキちゃん⁉」

「疲れて、動くのが億劫なんじゃないか？　連れていってやるよ」

「歩けるよっ。全然、平気！」

おかげでバッチリ目が覚めた。顔を赤くして下ろしてと言うが、明仁は無理するなと笑ってリビングを出る。

階段を上り始めると、落ちるのが怖くて動けなかった。

「到着。パジャマ、自分で着られるか？　手伝ってほしい？」

絶対、からかわれている。光流が頷くはずがないと分かっていて、面白がっていた。

「き、き、着られるから！」

「それは残念」

明仁はクックッと笑って、光流の額にチュッとキスをする。

「おやすみ」

光流が固まっている間に出ていき、扉がパタリと閉まる。

「……」

光流はヨロヨロとベッドまで歩き、ボスンと倒れ込んだ。

「あう〜」

恥ずかしい、照れる、困るけど嬉しい——いろいろな感情がゴチャゴチャ入り混じる。

混乱したままベッドの上でゴロゴロしてしまう。

「アキちゃんってば、アキちゃんってば——……っ」

物慣れた大人の明仁に、光流が敵うはずがない。好きなように翻弄され、気持ちが掻き乱されている。

「プレイボーイだ……遊び慣れた、悪い大人だ……。うーっ……こんなんじゃ眠れないよ」

光流は今日もまた、明仁のせいでゴロンゴロンするのだった。

二泊三日の伊豆を堪能し、明仁の祖父と再訪を約束して東京に戻る。

明仁はこれからＣＤのことで忙しくなるそうで、光流にはスタジオでの収録前に「桜」と「花火」を完成させておいてくれと言った。

「花火」のほうはずいぶんと前に作った曲で、これまでに何度か手を入れているから、直すところはあまりない。けれど「桜」はついこの間作ったばかりなので、直したい箇所がたくさんあった。

光流は何度も何度も繰り返し弾き、通しで録音したのを聴き返しては気になったところを直していった。

同じ曲ばかりやっていると煮詰まるので、気分転換に伊豆で作りかけの曲をまとめていく。

初めてのクルーザーと釣りは、タイトルを「クルーズ」にして、楽しかった気持ちをたくさん詰め込んでいる。

そしてもう一つ――明仁へのモヤモヤを音にしてみた「恋？」は、ちょこちょこ跳ねたり、低音から高音まで飛んだりと、忙しい曲になった。

それにちょっと甘くて、どこか浮き浮きとしていて――自分で作っていて、思わず「あう～」と照れてしまう。「クルーズ」はともかくとして、「恋？」のほうは誰にも聴かせられない曲になりそうだった。

ＣＤ用の曲の手直しと、新たな曲作りとで忙しくしていた光流に、明仁から毎日連絡が来る。他の家族も登録しているアプリにＣＤの細かな進捗状況の報告があり、その他に夜の九時前後に電話がある。

内容は曲についてだったり、ＣＤのことが主だ。自分では気がつかない部分もあるだろうからと明仁に相談してみると、新鮮な指摘があってとても参考になった。

ずいぶんと深く聴き込んでくれていると嬉しかったし、明仁の声を聴くとドキドキしてしまう。

実は光流の中には、まだ自分なんかがＣＤを出していいのだろうか……と尻込みする気持ちがある。

それでもやめようとは思わないし、前向きに手直しに取り組んでいるのも、ＣＤ作りのおかげでまた明仁と一緒にいられる――前より構ってもらえるという喜びがあるからだ。

連日の電話と頻繁(ひんぱん)な訪問を、光流には捨てることができなかった。

ただ、光流の中には葛藤もある。好きだ、惚れさせてやると言われたことを思い出すと、明仁と会うのは照れるし、恥ずかしいし、答えが出せなくて申し訳ないとも思う。

（こ、これって、もしかして焦(じ)らすとか、弄(もてあそ)ぶとかいうやつになっちゃう？　違うんだけど……本当に分からないんだけど……）

普通の好きと、恋愛感情での好きの違いをどうやったら判別できるのかと、経験不足の光流は五里霧中な感じだ。

そもそも明仁は男で、光流は同級生に襲われた事件以来、家族以外の男性は会うのが怖い。引きこもって交友関係をすべて絶ってしまったから、他人で一緒にいても大丈夫なのは明仁と、明仁繋がりで明仁の祖父だけだった。

それだって明仁が小さな頃からの知り合いで、優しいお兄さんで、いろいろなところに連れていってもらっていた気安さからだと思う。

けれどその相手が恋愛感情で自分を見ている、あの同級生たちと同じように自分を抱きたがっていると知ったら、まず最初に来るのは恐怖のような気がする。

でも光流が明仁の告白に感じたのは、猛烈な照れやいたたまれなさ。明仁に見とれ、嬉しくて――ものすごくいろいろな感情がごちゃ混ぜで、混乱の極みになった。

どうしていいか分からなくて困るものの、いやだという気持ちはない。昔からの憧れの人に甘い目で見つめられ、可愛いなどと言われると心臓が止まりそうになって怖いが、やっぱりいやじゃなくて嬉しいと感じる。

普通なら、男にそういう目で見られるのはいやなはずなのに――と不思議に感じた。

実際、光流が外に出られなくなったのは、自分に向けられる視線に過敏になったからだ。フランス人の祖母の血が色濃く出た少女めいた容姿は注目されやすいし、男たちの目には欲望が込められていることが多い。

その気がない人間の視線はすぐに流れていって、ジッと見てくる男は良からぬことを考えているのが分かるようになってしまった。そういう視線を向けられると、ゾッとして鳥肌が立つのだ。

だからやっぱり明仁だけ大丈夫というのは、自分でも本当に不思議で仕方ない。

（あ～……なんだろ。自分のことなのに、全然分からない……）

光流はピアノの前でうんうん唸ったり、甘い明仁を思い出してアワアワしたりして、「恋？」という曲を作っていくのだった。

グループ登録したCD用のアプリに、明仁から着々と進んでいる報告がされる。

曲のほうも、もうこれ以上は直す箇所がないところまでになったので、録音したものを明仁にメールした。

そしてついに、音楽系に強い大手プロダクションの社長と会合する日時が決まったという文字を見て、光流は緊張してしまう。

だがすぐに明仁の祖父が「ワシも行くぞ。最初にガツンとやっておいたほうがいい」と書き込んでくれる。

「た、頼もしい～」

光流のためにわざわざ伊豆から出てきてくれるというのだ。

「おじい様……ありがとう……」

感動して泣きそうになる光流の目に、次の書き込みが飛び込んでくる。

会合場所は自分のお気に入りのフレンチの店でランチでもとか、東京に出てきたときは手の込んだ料理が食べたいからイタリアンや中華、タイ料理にも行こうという誘い。

「げ、元気……」

すでに引退している身なのに、やっぱり自分よりずっと活動的で、体力もありそうだった。

光流は情けない自分に溜め息を漏らしながら打ち込む。

「えーっと……ランチがフレンチなら、夜はお茶漬けくらいしか入りません……っと。うーん。なんなら夕食抜きでもいいくらいかも……」

返信はすぐにあって、「若いのに！　では、翌日にタイ料理だ。光流くんは辛いのはダメそうだから、辛さ控えめにしてもらおう」とのことだった。

「元気すぎ……」

張り合おうと思えないくらい、明仁の祖父はパワフルだ。

光流は敗北感に、ガックリと肩を落とした。

そして、やってきた会合の日。約束の時間を遅めにして、その前に三人でランチを楽しむ。

前菜から始まり、魚と肉のガッツリフルコースだ。光流のはすべて半分の量にしてもらったが、それでも多い。

デザートとチーズは好きなものを好きなだけというシステムで、本当ならチーズを味わったあとでデザートらしいが、会合の時間を考えて一緒の提供となった。

光流はチーズを断って、そのぶんデザートを多めにしてもらう。

「これとこれとこれ、あとこれを二センチくらいずつお願いします。フルーツたっぷりめで」

「かしこまりました」

「ワシは全種類もらおうかのう。チーズはヤギ系抜きで」

「同じので」

「ぜ、全種類……って、六つもあるよ！　食べきれる？」

「楽勝だ」

「デザートは別腹と言うではないか」

「えー……」

光流にとっては驚異の胃袋だし、祖父は七十歳を越えている。胃袋が丈夫だからこんなに元気なのか、それとも元気だからたくさん食べられるのか……光流はうーむと考え込んでしまう。

デザートを食べ、コーヒーをお代わりしてまったりしていると、約束の時間にプロダクションの社長がやってくる。

現れた社長は明るいグレーの霜降りスーツで、シャツの色は綺麗な青。ネクタイはシルバー。茶髪で腕時計はダイヤとサファイアがキラキラしているし、全体的にかなり派手だ。

五十歳は越えていそうな年齢にそぐわない感じで、表情や口調も軽い。

「南雲さん、お久しぶりです！　伊豆の住み心地はいかがですか？」

「すこぶるいいよ。魚は旨いし、クルーズは気持ちがいいし」

「うらやましいですね。ボクも、仕事を辞めたら南雲さんのような生活をしたいです」

「キミは、生涯仕事タイプだろう。会社がうまく行っているようで何よりだ」

「おかげさまで」

いかにも業界人っていう感じの人だな～と、光流はかなり警戒しながらそのやり取りを見守っていた。

すると社長の視線が自分に向けられて、ジッと見つめられる。

「……この方が、あの歌声の持ち主ですか？」

「ああ。事情は孫から伝わっているだろう？　そういうことなので、せっかく綺麗だが、顔出しはなしだ」

「残念ですね。本当に綺麗なのに。あの歌声にこの顔があれば、すぐにトップに立てますよ」

「絶対にいかん。この子は金に困っていないし、売れたいわけでもない。顔出しＮＧは絶対だし、正体を知られたら歌うこと自体、やめてしまうだろう。キミの会社のほうからこの子の正体が漏れるようなことになったら、私は大層怒るよ。キミが考える以上の報復があると覚悟して対応に当たってほしい」

「わ、分かりました」

押しが強そうな人物だが、さすがに明仁の祖父には逆らえないらしい。

分かりやすく脅しつけたところで、ようやく明仁が口を挟む。

「祖父の代わりに連絡係をしている、南雲明仁です。こちらは、観月光流」

「観月光流です。よろしくお願いします」

この社長の目には、光流に対する興味と、美味しそうとでも言いたげなものがある。光流を欲望の対象として見ている目だが、そのわりにぎらついた感じがない。

けれど、そういう対象に見られているだけでも光流には無理で、シャツの下で鳥肌が立ってしまい、無意識のうちに明仁にくっつく。

明仁の後ろに隠れられないかという動きを見せてしまった。

「このとおりの人見知りなので、窓口はあくまでも私でお願いします。光流との直接のやり取りはなしで」

それにレコーディングやプロモーション映像制作などもスタッフは最小限で、信頼を置ける人間をと言う。

お願いの体裁を取っているが、明仁の祖父がうんうんと頷いているので強制みたいなものだった。

「口の軽いのも、迂闊な人間もダメだよ。人選に関しての全責任はキミにあるということを忘れないようにな」

「は、はい。お任せください」

「お互いのために、その言葉が守られるのを祈るよ」

ハッハッハッと笑いながらも、目がキラリと光って脅しつけている。

ダラダラと冷や汗を流す社長に光流は同情しつつも、これなら大丈夫そうだと安堵するのだった。

レコーディングの日にちが決まり、その前にと明仁によって美容室に連れていかれる。

光流をプロモーションの映像に使う予定はなかったのだが、明仁が好きなカメラマンの映像を使えることになったから、光流と合わせてみたくなったらしい。もちろんそのまま公開するのではなく、シルエットでだ。

それにスタジオへの出入りなど、どこで人に見られるか分からないから、念のためにウィッグで変装するとのことだった。

光流は嬉々として、「それなら黒がいい。アキちゃんみたいに、ツヤツヤ真っ黒なストレート髪に憧れてたんだ」とリクエストする。

そしてやってきたのは、光一郎の友人でもある智行（ともゆき）の店。誰もいない休みの日に、ウィッグを切ってくれるという。

「うわ～。ピカちゃん、綺麗に育ったねぇ」

笑って出迎えられるが、光流はやっぱり少しビクついてしまう。兄の友人で子供の頃からの知り合いなのに、怖いと思ってしまった。

無意識のうちに明仁にくっつくと、明仁は光流を引き寄せてシッシッと手を振る。

「デカい図体で、光流に近寄るんじゃない。怖がるだろう」

「お前と二センチしか違わんわ！　ひでえ言われようだな、まったく。……まぁ、オレもちょっと興奮しちゃったしな。あの、人形みたいに可愛かった子が、こんな綺麗に育って……と驚いちゃって。いやぁ、マジで綺麗だ。西洋に日本の華奢で小柄な感じがミックスして、一瞬、男か女か迷うな」

どうやら智行の視線に、色めいたものはないらしい。純粋に、知り合いの小さな男の子の成長ぶりに驚いただけのようだった。

光流はそれを感じ取り、少し緊張を解く。

「これだけ綺麗に育っちゃったら、番犬も必要だよな。納得」

「誰が番犬だ。失礼な。近い未来の恋人候補だ」

「ア、アキちゃん⁉」

「お？　お前、そうだったのか……女としか付き合ったことないのに、ずいぶんいきなりだな」

「余計なことを言うな」

「アキちゃん……女の人と付き合ってたんだ……」

明仁の年齢や容姿を考えれば当たり前なのに、光流の中にモヤモヤとムカムカが生まれる。

それに、なんだか泣きたいような気持ちも。

明仁は光流の様子を見て、慌てた顔をしている。

「こらこら、光流。俺の年、いくつだと思ってるんだ？　人並みに交際くらいしたことはあるが……本気で好きになったのは、光流が初めてだ。彼女たちには申し訳ないが、流れで付き合っていただけらしい」

「ほ、本当に……？」

「ああ。もし光流が同年代だったら光流しか目に入らなかっただろうから、最初で最後の恋人になれたのにな」

「アキちゃん……」

すごく嬉しいことを言ってもらえたと感動していると、智行が首を傾げる。

「……ん？　お前ら、もうできてんの？」

その言葉で明仁に吸い寄せられそうになっていた光流は、ハッと我に返る。顔を真っ赤にして、ブンブンと首を横に振った。

「で、できてません！」

「そうか？　なんか熱々な空気だったけど。……まぁ、人の恋路に首を突っ込んでもいいことないからな～。んじゃ、光流くん。ウィッグを合わせるから、ここに座ってくれる？」

「はい」

話を変えてくれたのをありがたく思いながら、光流は椅子に座る。そして真っ直ぐな黒髪のウィッグを被せられ、角度などを合わせられた。

「性別不詳っていうことだから、少し長めにカットするつもりだけど……どういうふうにしたいかリクエストある？」

「特にはないです。あまり長くないほうが嬉しいかな？　うっかり引っかかっても困るし」

「まぁ、肩くらいだね」

そう言って、シャキシャキと迷いなくカットしていく。

シルエット映像で綺麗に見えて、あまり長すぎず……というのを踏まえて、智行は肩すれすれくらいでカットしてくれた。

黒髪の自分は新鮮で、光流は思わず鏡に見入る。

「わぁ、別人みたい！　ちょっと、菜々ちゃんに似てるかも……」

「確かに姉弟だから顔立ちは似てるが……表情でずいぶんと印象は違うもんだな。あっちは美人、光流は可愛い、だ」

「菜々ちゃん、キリッとしてるからね」

うんうんと頷いていると、智行が妙にモジモジして聞いてくる。

「菜々美さん、元気？　恋人、できちゃった？」

「仕事が楽しすぎて、恋人なんかいらないって言ってます。電話とかメールが面倒くさいらしくて……」

「ううっ……相変わらずか……付け入る隙がない」

「下僕タイプばっかり寄ってきて、うざいんですって。菜々ちゃん、女王様タイプだから？」

「そうだな。俺たちの友人間でも、彼女に惹かれるのは下僕タイプが多かった」

明仁と光流の視線が智行に行くと、智行はハッとする。

「ち、違うぞ！　オレは下僕タイプじゃないっ。ただ、菜々美さんは美人だな〜って思ってるだけで……」

「光一郎いわく、四歳下の菜々美ちゃんを、『ちゃん』呼びか『さん』呼びかで下僕タイプかどうか分かるとのことだ」

「なるほど……」

「こ、光一郎めっ」

どうやら女王様タイプが好きらしい智行は、光流にとって安全な人間だ。智行から一度も欲望の視線を向けられなかったこともあり、光流は智行を大丈夫な人と認識する。

智行は簡単に片付けをして、せっかくだからウィッグをつけたまま食事をしようということになる。

「光流くんは何が食べたい？」

「うーん……家で作れないタイプの料理、かな？」

「じゃあ、カレーは？　ナンは家で作れないだろう？」

「チーズナン、ありますか？」

「あるある。そこのチーズナンとチキンカレーは、めちゃくちゃ旨いぞ」

「わぁ、楽しみです」

ランチから少しずれていたこともあって、運良く半個室が空いていた。

よく来るという智行に注文を任せると、テーブルの上にたくさんの料理が並ぶことになった。

「ん～……チーズナン、美味しい。カレーに合うなぁ」

「久々にタンドリーチキンを食った。旨い」

「オレはサモサが好きなんだ。三人いると、いろいろ頼めていいよな。いつもは、客の途切れたときを狙っての一人メシだから」

「美容室って、お昼休憩とかないですもんね」

「立ちっぱなしの肉体労働で腹が減るのに、昼飯抜きとかよくあるんだよ。コンビニのお握りとチョコがオレの命綱だ」

「た、大変……」

「好きな仕事だから、耐えられるんだよなー」

「お前が美容師になるって言ったときは驚いたが、意外と向いてたな。光流のこの髪形、似合ってる。少し長めのせいか、美少女感が半端ないが」

「我ながら、うまくカットできたよ。綺麗な子を、より綺麗にするのが好きなんだ。今度、地毛のほうもカットさせてね。すごく可愛くするから」

「はぁ……」

滅多に外に出ない光流は、髪形にこだわりがない。伸びて鬱陶しくなると、菜々美に切ってもらっている。光流と違ってオシャレ好きな菜々美は器用で、カットも上手かった。

家で切ってもらえれば、楽だし早い。今回はプロモーション映像のためのウィッグという特殊な条件だったのでプロの手を借りたが、髪を切るのにわざわざ外に出るのはいやだなと思っていた。

けれど、明仁は違うらしい。

「フワフワ感をキープしつつ、前髪を軽くして、襟足は少し長め。全体的に梳いてくれ」

「ぐ、具体的……」

「んじゃ、飯を食ったら切ろうか？　明仁のいないところで切ったら、えらい文句を言われそうだ」

「もちろん言うとも」

「へー。お前って、独占欲が強いタイプだったんだな。知らなかったよ」

「俺も、知らなかった。やっぱり、本気の相手は違うな」

「へいへい。あー、オレも本気の相手が欲しい……両想いになれなくても、恋のときめきって生活に張りが出るよなぁ」

「楽しいぞ。何年も封印してきただけに、反動がデカいが」

そんなことを言いながら光流の頭を撫でる明仁に、光流はソワソワと落ち着かず、智行はハーッと溜め息をつく。

「いいなぁ。オレも頑張ろう……仕事ばっかりじゃいかん」

「客のほとんどが女性なんだから、いくらでもがんばりようがあるだろうが」

「客に手を出すのはためらわれる……」

「お前って本当に真面目でいいやつだが……不器用だな」

「自覚してる」

明仁と光一郎の友人だけあって、信用できる人らしい。

友人といるときの明仁は気を抜いていて、光流はこういうのも楽しいよねと思いながらタンドリーチキンに齧(かぶ)りついた。

ＣＤのレコーディングはピアノのあるスタジオで行い、スタッフは一人しかいなかった。機械を操作するだけなら、一人でもなんとかなるらしい。

ガチガチに緊張していた光流はおかげで少しだけ気が楽になったが、だからといって緊張が解けるものではない。まったく知らない人だし、挨拶をしたときに向けてきた目には好奇心と欲望の色が浮かんでいた。

積極的なものではなく、「ちょっと試してみたい」とか「これならイケる」的な、軽い感じの欲望だ。害はないと分かっていても気持ちがいいものではないし、過敏になっている光流にとっては避けたい人種だった。

だから、明仁と一緒にスタジオに入るとホッとする。

それに明仁が、スタッフが見えない位置に立ってくれたから、少しだけ緊張が解けた。

『……それじゃ、まずはピアノの演奏をお願いします。歌のほうは、そのあとで』

「はい」

コントロールルームからマイク越しの指示に光流は頷くが、いよいよなんだと思うと緊張に指が固まり、震えそうになっていた。

「大丈夫だから、肩から力を抜いて。ガチガチだぞ」

「うん……」

すぐ側に、明仁がいる。

この部屋には、明仁と自分しかいない。

光流は大きく息を吸ってから明仁を見て、それからピアノへと意識を向ける。

（……大丈夫。アキちゃんが、いてくれる）

鍵盤にだけ集中しようとピアノを弾き始めると、これまでに手直しと練習とで幾度となく弾き語りをしてきたので、もう完全に指が覚えていた。

一曲通しで弾いてしまえば、緊張などどこかにいってしまう。

マイクで修正箇所の指示が来たので、それを意識しながらもう一度。

弾き終えるたびに指示が来るから、光流はそれを意識しながら何度か弾き直すと、やがて指示がなくなりＯＫが出た。

次に、収録したピアノの音を聴きながら歌を吹き込むことになる。

こちらも指示を聞きつつ何度も歌い続け、さほど時間はかからず終了となった。

「これで終わり？」

「思ったより早かったな。もっと時間がかかるものかと思ってた」

「ボクも」

すごく大変なんだろうと覚悟をしていただけに拍子抜けしながらスタジオを出ると、ニコニ

コのスタッフに迎えられる。

「いや～、全然手を入れる必要がないから早かったですね。作詞作曲が本人だからか、ピタッと嵌まってますし。……うん、いいのができそうです」

「お願いします」

あとの作業は任せてスタジオを出て、車が停めてある駐車場へと向かう。

「こんなに早く終わるとはなぁ。ケーキでも食って帰るか？」

「んー……持ち帰りのほうが嬉しいかも」

人混みの中に入るのは極力避けたい光流がそう言うと、明仁は首を傾げる。

「光流は、女性はわりと平気だろ？　女性だらけのフルーツパーラーなら大丈夫なんじゃないか？」

「あっ、なるほど……それはそうかも」

それにこの黒髪のウィッグを被ったままなら、周囲からそう浮かない気がする。

「うん、行く！　久しぶりにパフェが食べたいな」

「旨いよな」

「あ、でも……女性ばっかりのフルーツパーラーは、アキちゃんがいやじゃない？」

サービスエリアでもレストランでも、明仁はひどく目立って女性の目を引きつけていた。あの女性たちの熱い目を思い出すと、なんだかモヤモヤする。

「見られるだろうが、俺は気にしないからな。興味がない女なんて、カボチャと同じだ」

明仁は笑ってそんなことを言いながら、車のドアを開けてくれる。座ってシートベルトを締めようとモタモタしていると締めてくれるし、エスコートは完璧だ。

ちょっとした拍子に優しく頭を撫でられたり、甘く微笑（ほほえ）みかけられたり——その甘やかし方が以前とは全然違っていて、求愛のそれなのが分かるから恥ずかしくてたまらない。

赤くなってアワアワすれば可愛いなと言われるし、照れくさくていたたまれないが、嬉しかった。

ただ、そういうことをされると、明仁の過去の恋人たちが気にかかる。

モテ人生を送ってきただろう明仁は二十九歳——一人二人じゃきかない恋人がいたはずで、みんなこんなふうに優しくされたのかな……と思ってモヤモヤした。

（カボチャじゃなかった、人たち……）

きっとすごい美人で、キスしたり、たぶん体の関係もあって——と考えると、モヤモヤどころじゃなく、なんだか泣きたくなる。

（これは、嫉妬だよね……）

過去の恋人たちは気になるが、知りたくない。もう誰にもキスしてほしくないし、するなら自分にしてほしい……と思ったり。

（キス、してほしいんだ……）

額へのキスは、恥ずかしいけれど嬉しい。それじゃあ唇へは――と考えると、一気に体温が上がって頭から湯気が出そうになる。

明仁の想いに応えて恋人になったら当然その先もあるわけで……。

（ア、アキちゃんと、するの……？　裸で、いろいろ……？）

想像するのは猛烈に恥ずかしいが、嫌悪感はない。ただ、あまりにも恥ずかしすぎて熱が上がり、無理じゃないかと思う。

やっぱり怖いし、不安だし、いくら相手が明仁でも……と唸ってしまった。

（怖いったら、怖い！）

いくら好きでも、男同士の行為はハードルが高すぎる。さすがに自分の好きが恋愛のそれらしいと薄々分かってきたとはいえ、一足飛びに恋人になる勇気は光流にはない。

明仁の年齢や経験値――なまじセックスを匂わされているだけに、余計にハードルが高くなっている気がする。

（す、好きは好きだけど……言ったほうがいいんだろうけど……）

でも、それには大変な勇気と、何か切っ掛けが必要なのだ。

それに相手が大人で、なんでも持っている明仁なだけに、自分なんかでいいのかという気持ちはどうしてもなくならない。

（CDが出て、それが評価されたら……がんばってみようかな）

少しでもいいから自信が欲しい。明仁につり合う人間にはそうそうなれないだろうが、ちょっとずつでも成長できればいつか追いつけるかもしれない。

（ＣＤが出たら……）

光流は今までとは違う気持ちで、がんばろうと心に誓った。

順調に終わった収録のあとは、プロモーション用の映像を撮ることになる。

日にちを教えられたとき、往生際悪くシルエットだけなら自分じゃなくてもいいんじゃないかと訴えたのだが、それでは明仁や光流の家族たちの楽しみがなくなると言われた。

公開用のシルエット映像とは別に、ちゃんと光流の姿が映っているものを家族用に作ってもらうらしい。好きなカメラマンが撮ってくれるとワクワクしている明仁に、押し切られてしまった。

光流は黒髪のウィッグをつけて明仁と一緒にスタジオに行き、カメラマンの村尾(むらお)とそのアシスタントに会う。

この二人だけだと言われて少しホッとするが、村尾は会うなりカッと目を見開いて突進してきた。

「俺のモデルになってくれ！」

「ひっ」

光流はとっさに明仁の後ろに隠れると、明仁が身を挺(てい)してブロックしてくれる。

「ストップだ！　止まれっ」

「おおうっ」

「この子はモデルなんてしない。そもそも顔出しNGと言われているのを忘れたのか？」

「ん？　あ、ああっ……そうでしたっけ。……いや、でも、歌手の『HM』としてじゃなく、普通のモデルとしてモデルをしてもらうのは……」

「ダメに決まってる。守秘義務と映像流出の際のペナルティについての書類にサインをしたのを忘れないように」

「うー……そうか……そうだったなぁ。理想のモデルを見たから、つい興奮して。ああっ、気軽にサインしなきゃよかった。はー……金髪のウィッグで天使を撮りたかったなぁ」

「無理なものは無理です。諦めて、早く仕事に取りかかってください」

村尾はガックリと肩を落とし、シオシオとスタジオに案内する。

これから仕事なのに、こんなにモチベーションが下がっていていいのかなと心配になった。

「はーあ。そうですね……もう準備はできているので、ピアノの前に座ってください」

ピアノの後ろにはブルーバックがあって、これで映像を加工するらしい。ピアノの前に座ると明仁が離れていくので不安になり、思わず目で追ってしまう。

「大丈夫。カメラに映らない場所に行くだけだ。……この辺りでいいかな？」

「もう、あと一歩下がってください。……あぁ、はい、そこで大丈夫です。それじゃ、カメラを回しますので、弾き語りを始めてください」

「……」

光流はスーッと大きく息を吸い込み、明仁を見る。見守られている。ホッと肩から力を抜いてピアノを弾き始めた。

「今回、映像だけなんで。音は関係ないので、間違えても気にしないでください。曲調に合わせて楽しそうに指を跳ねさせて」

「はい」

「返事はいりませんよー。はい、満開の桜をイメージして、楽しそうに、楽しそうに」

セットされたカメラは三台。それだけでなく、天井に取り付けられたカメラもゆっくり回っている。それに、ドローンだ。アシスタントの男の子が操作をしているらしい。

自分のまわりを飛ぶドローンが気になってチラリと視線を向けるとすかさず指示が飛び、慌ててピアノを弾くことに集中する。

緊張の一回目はあちこち気が散ってしまったし、一度、明仁がドローンのカメラを避けようと光流から見えない位置に移動し、動揺のあまり手が止まってしまう。

「ああ、しまった。光流、大丈夫だ。ちゃんといるぞ」

「あ……うん。なんか…どこかに行っちゃったのかと思って慌てた、かも……ごめんなさい」

「大丈夫。まだ一回目だし、何度でも撮り直しできますからね。南雲さんも、映ったら映ったでなんとでもなるので、そこにいてくださって大丈夫ですよ」

「わかりました」

「それじゃ、もう一度最初からお願いします」

「はい」

明仁がいるのを確認して、深呼吸して動揺を鎮めてからもう一度ピアノを弾き始める。

最初はやはり落ち着かなかったが、二回目、三回目になればカメラもドローンもあまり気にならなくなる。村尾の指示どおり必死に体を動かし、四回目にはなんの指示も飛ばず、無事にOKが出た。

「いいですよー。うん、すごくいい。ちょっとチェックするので、何か飲んでいてください。佐藤くん、飲み物出して」

「はい」

「あの……大丈夫です。自分で持ってきました」

お嬢様育ちの母は家事一切できないが、紅茶を淹れるのはうまい。光流のためにハチミツたっぷりの紅茶を水筒に入れて持たせてくれた。

「それじゃ、こちらにどうぞ。疲れたでしょう」

「ありがとうございます」

スタジオの隅にフカフカのソファーがあって、光流は明仁と一緒に座って紅茶を飲む。

「お疲れ。楽しそうだったな」

「お花見を思い出しながら弾いたから。一口しかシャンパンを飲んでないけど、酔っぱらう感覚って面白いね」

「一口でなぁ……光一郎はかなり飲めるほうなのに、光流はダメか」

「お母さんに似たのかも。あの人も、グラス半分で真っ赤になっちゃうから。飲むこと自体は好きみたいなんだけどね」

「シャンパンでご機嫌な光流は可愛かったな」

花見の席で浮かれている姿は光流にとってとても恥ずかしいものなので、光流は何度も消してくれと言っている。

なのに光一郎は可愛いからダメだと言ったあげく、両親や菜々美、祖父母たちにまで送ってしまったのだ。

消してほしいのにとプンプン怒っていると、村尾に呼ばれてさっき撮った映像を見せられる。

パソコンに取り込んで、シルエットにした映像だ。

「今は分かりやすく黒にしましたが、実際はバックの映像に合わせて色を変えていきます。とりあえずシルエットはこんな感じに映るのだけ見てください」

「はい」

実際に見てみると、村尾が上を向けとか、背中を反らせとかいろいろと指示した理由が分かる。シルエット映像は動きを大きくしないとつまらないものになってしまうのだ。

「これを踏まえて、もう一度『桜』を。大丈夫だったら、そのあと、『花火』に移りましょう」

「はい」

ちょっと恥ずかしいが、大げさなくらいでいいんだと映像を頭に置きながら「桜」を撮り、それから「花火」を撮った。

「いいですよ〜。うん、すごくいい！」

「動きがなめらかになってます」

仕事だからか、二人の目にいやらしいものは感じない。

純粋に映像の中のモデルとして見られているのが分かるから、光流は変に緊張しないですんでいた。

村尾に絶賛され、佐藤に「めっちゃ可愛かったっす」と褒められて、大丈夫だったらしいと安堵する。

撮った映像を確認後、無事にＯＫが出て、映像撮りは終了となる。

スタジオを出て明仁の車に乗り、光流はハーッと大きく溜め息を漏らした。

「疲れたー」

「予定より早く終わったし、どこか寄っていくか？」

「んー……」

「『ＨＭ』用の衣装も欲しいから、モールなんてどうだ？　その格好だと女の子に見えるし、ちょうどいいから買い物に行こう。毎回、菜々美ちゃんにお願いするのもな」

その言葉に光流は首を傾げる。

「『HM』用の衣装なんて、いる？　ボクは、記念みたいな感じで一枚で終わりなのかなと思ってたんだけど」

「俺は、一度で終わらせるつもりはないぞ。曲のストックは山ほどあるし、二枚、三枚と出していくつもりだ。そのあとは、状況しだいだな。光流は経験をそのまま曲にするみたいだし、モール遊びもその経験のうちになるだろう？　引きこもっていないで、あちこち見て回ったほうがいい」

「んー、んー。でも、女の子の服……」

「別に、男物でもいいぞ。今はユニセックスの服が多いからな」

そう説得されて、明仁が一緒ならいいかとモールに行ってみることにする。

駐車場で車を降りてモールの中を見て回り――人混みのせいでやっぱり緊張が抜けない光流の手を、明仁がギュッと握りしめてくれた。

肩まであるウィッグとチュニックという姿の光流は女の子に見えるから、明仁に手を繋がれても違和感はない。

明仁は目についた服を光流に着せ、気に入ったものをどんどん購入していく。

「じ、自分で払うよ！」

「気にするな。これは、必要経費ってやつだ。――うん、これもいいな」

「あぅ……アキちゃん、買いすぎ……」

「どれも、よく似合うぞ。じい様も見たいって言うに決まってるから、今度、この格好で飯だな」

「アキちゃんのおじい様、アクティブで好奇心強いよねー」

「ああ、元気なじいさんだ」

「また、釣りしたいなぁ。クルーズは気持ちいいし、お刺し身は美味しいし……楽しかった」

「それじゃ、そのうちにまた行こうな」

「うん」

そのときには、光流と明仁の関係は違ったものになっているかもしれない。

CDが出たら――ちゃんと世間に認めてもらえたら――勇気を出して「好きだ」と言おうと思っているのだから。

明仁に甘えて、好きという気持ちをもらうばかりはずるいとも思う。明仁とならくっついても平気だし、甘やかして、キスしてもらいたいと思っているのが、普通の好きとは違うともう分かっている。

明仁に抱かれるのはやっぱり怖いし不安だけれど、明仁なら……とも思う。

（どうなるかな……）

ドキドキとワクワクと――光流はその日に向けて少しずつ覚悟を固めていった。

スタジオでの収録と映像の撮影が終わってしまえば、光流にやることはない。

他の細かな作業はすべて明仁がやってくれるので、光流は今までと同じように家事を手伝ったり、勉強したり、思いつくまま作曲したりという変わらない日々を送っていた。

もちろんCDの進捗状況は事細かに報告があり、明仁から電話も毎日もらっている。発売日も決まって、その日が近づくにつれて光流はドキドキとワクワクとハラハラとで落ち着かなくなる。

そうしてようやくCDが発売される日がやってきた。大株主である明仁の祖父へのアピールもあって、かなり力を入れてくれるらしい。

明仁に誘われて渋谷に行き、駅前の大型ビジョンを二人で眺める。

ドキドキしながら次々と流れるプロモーション映像を見ていると、明仁が楽しそうに「この次だ。どんな仕上がりか楽しみだろう?」と言った。

「つ、次かぁ……」

CDはできあがってすぐに持ってきてくれたのだが、プロモーション映像のほうは「いい出来だぞ」と言うだけで見せてくれなかった。小さな画面ではなく、当日、ここで見せたかったらしい。

人混みの中、明仁にくっついてソワソワしていると、画面が切り替わって蕾の桜が現れる。そして、ピアノの音。自分の歌声。

ピアノを弾くシルエット映像のバックの桜が見る見るうちに咲き、一輪のクローズアップから引きの映像へと少しずつ変わっていって、やがてその神々しい巨木を見せつける。楽しげな曲調と、満開の桜。宴のあとの寂しさに、散りゆく花弁が重なる。

「す、すごい……映像の力ってすごいね。なんか……すごくいい曲に聴こえる」

「すごくいい曲だぞ。映像が、より良くしているのは認めるが。あのカメラマン、人物より景色のほうで有名なんだよ。綺麗で迫力のある映像をたくさん撮ってるから、それが欲しくて依頼した。綺麗だろう？」

「うん。すごく綺麗。蕾から撮り続けてるんだし、時間かかってるよね」

「一ヵ月泊まり込むとか、ざららしいぞ。天気任せだから、翌年に持ち越すこともしょっちゅうだし、五年がかりで撮るなんてこともあるそうだ」

「だから、あんな綺麗な映像が撮れるんだね……アキちゃん、連れてきてくれてありがとう。大きな画面で見られて、嬉しかった」

「やっぱり、大画面は迫力が違うよな。……それに、気がついたか？　結構な人数が、足を止めて見ていたぞ」

「えっ、そうなの？」

映像に夢中でまったく気がつかなかった。

「ああ。綺麗な声、綺麗な桜だと話しているのが聞こえた。タイトルや名前をチェックしていたから、買ってくれるかもな」

「買ってくれるかな？　買ってくれると嬉しいなぁ」

「じゃあ、次はＣＤショップだ。実際に売っているところを見てみたいだろう？」

「うん！」

大きなＣＤショップに移動してみると、店でもいい場所に自分のＣＤが置かれていて、光流は声をひそめて聞いてみる。

「おじい様の圧力？」

「社長を脅してたからな。いろいろと気を利かせてくれたんだろう」

試聴できるようにもなっているが、あいにく全部塞がっている。平日の昼間なのに、どうしてこんなに人が多いのか疑問だ。

「渋谷って、どこも人でいっぱい……疲れる……」

「若い子ばっかりで、忙しない街だ。……って、光流の年代の街か」

「そうかもしれないけど、元気で、生き生きしてて、違う人種な感じがする」

「確かにな」

弾ける若者と光流では、相容れないものがある。周囲に対する警戒で楽しむどころではないし、どうにもビクビクしてしまう。明仁がいなければ、絶対に来ない街だった。

だからこそ貴重な体験でもあり、光流にとってはちょっとした冒険気分になれる。非日常的な街で、自分のプロモーション映像を見るのはとても楽しい経験となった。

尽力してくれた明仁や、明仁の祖父、背中を押してくれた家族たちのためにも、ＣＤがちゃんと売れてくれるといいな……とは思っていた。

明仁の祖父の威光でプロモーションに力を入れてもらったようだし、赤字になったら申し訳ないとも思っていた。

けれど、村尾というカメラマンは光流が考えていたよりずっと有名らしい。滅多に人物を撮らない村尾が音楽のプロモーションビデオを撮り、なおかつ自身の映像を提供したということで評判になった。

それから曲が映像にピッタリだとか、綺麗な歌声だと光流に対する評価も上がっていったようだった。

名前は光流の頭文字を取って「ＨＭ」にしてあるし、歌声は高めのキーで男か女か分からない。チュニック姿のシルエット映像では性別不詳で、プロダクションへの問い合わせも多数あったらしい。

もちろんプロダクション側は性別、年齢、すべて非公開と返答するから、余計に面白がってあれこれ正体への推測が始まる。

女性論が七割、声変わりが終わったばかりの男性論が三割。話題になったおかげで売れ行きはいいし、評価のほうも概ね(おおむ)いいものが多かったのだが、中には当然アンチもいるわけで――光流はそういうのを見るとつい落ち込んでしまう。

思わず電話で明仁にこぼすと、『なんにでもケチをつける人間はいるし、いい言葉だけ信じればいい』と言われた。

「いい言葉かぁ」

『綺麗な声だっていう意見が大半だったじゃないか。心が洗われるとか、癒やされるとかな』

「うん……」

それでも十の好評より、一の悪評のほうが胸に突き刺さる。打たれ弱い光流にとって、ダメージは少なくなかった。

『光流は真面目だからなぁ。見れば気になるだろうし、見ないほうがいい』

「そうだね。うん、そんな気がする……」

歌を褒められるのが嬉しくてつい見てしまっていたが、ダメージがこうも大きいとマイナス面のほうが多いかもしれない。

『面白い感想や意見があったら、俺が教えてやるよ。俺は毎日チェックしてるから』

「うん。ありがとう、アキちゃん」

明仁はきっとその宣言どおり、光流にとって嬉しい言葉だけを伝えてくれる。だから光流は、「HM」で検索するのをやめた。

報告を兼ねて明仁がやってきた夕食の席。珍しく全員が揃って、ワイワイと楽しくお喋りしながら食べる。

ＣＤがとてもよく売れていること、ランキングでもずっと上位を保っていること。みんな光流のＣＤが嬉しくて、評判になったのが嬉しくてニコニコしている。

「うー……本当は、あちこちにＣＤを配って回りたいのになぁ」

正体不明にしているから我慢しなくてはいけなくて、父のストレスは溜まっているらしい。きっと父のことだから会う人会う人に自慢とともに渡すだろうことを考えると、正体不明にしておいてよかったと光流は胸を撫で下ろす。

「光流の歌、いいものね。うちの会社でも、ダウンロードしてる子、多いのよ。まぁ、私がさり気なく勧めたんだけど。みんな気に入ってダウンロードしてくれたわけだから、やっぱり光流の歌はいいのよ」

「そうだな。特に、あの映像との組み合わせがよくて、通常より映像つきがよく売れているらしい。プロダクションのほうから連絡があって、すぐにでも第二弾を出したいと言われたよ。どの曲がいいと思う？」

その言葉に、それぞれ「ホタル！」「海！」「動物園！」といった曲名が出てくる。

明仁はふむふむとメモを取り、そういえばと光流に言う。

「村尾さんが、オーロラや雪原といったお気に入りの映像がいくつかあって、それを提供してくれるつもりがあるらしい。だから現地に見にいってみないかとのことだ」

「オーロラとか雪原って、いったいどこ？　雪原は北海道でも見られそうだけど、オーロラは外国だよね？」

「まぁ、そうだな」

「外国……うーん……村尾さんの映像は見たいけど、極寒の外国……」

二重の意味でハードルが高いと、うんうん唸ってしまう。

「ああ、あと、後ろ姿でいいから天使で撮らせてくれないかな～とのことだ」

「て、天使？　何、それ。後ろ姿でも、ボク、モデルとか無理な気が……」

「あら、後ろ姿なら別にいいじゃない。相手はプロなんだから、無理だと思ったら依頼しないでしょ。それに満足のいく写真が撮れなかったら、他のモデルに頼めばいいだけだし。素人に依頼する以上、責任は全部プロが取るわよ」

失敗しても見る目のないカメラマンのせいにすればいいと言う菜々美に、光流は感嘆する。

「菜々ちゃん、強い……」

菜々美ならきっと、光流のように何年も引きこもったりしないですんでいる。自分できっちり報復して、ろくでもない記憶として踏みつぶすかもしれない。

「すごい割り切り方だが、そのとおりだ。暇つぶしと、珍しい体験をしてみるつもりで付き合ってやったらどうだ?」

「アキちゃんは賛成なんだ」

「俺も、村尾さんが撮る天使光流を見てみたいからな。きっと、綺麗に撮ってくれるぞ」

「うーん……天使っていうのが、すごく引っかかるんだけど……」

「後ろ姿だけっていう話だし、天使の翼を合成するんじゃないか?」

「ああ、なるほど……天使の翼かぁ」

大きな翼があれば、後ろ姿もかなり隠れるかもしれない。それに村尾の目にはいやなものがなかったし、映像も息を呑むほど美しさだった。

明仁もずいぶん推してくるし、まぁいいかと思う。

「アキちゃんがそう言うなら……」

「よし、決まりだな。ついでに二枚目用のリストを作って村尾さんに聴いてもらって、合う映像があるか調べてもらおう」

初めてのCDが売れているのは、その大部分が村尾の知名度と美しい映像のおかげだと思っている。

うんざりするほど何度も繰り返して弾いた曲が、映像とともに流れるととても新鮮で綺麗に聴こえた。

村尾の映像を提供されるのがどれほど幸運なのかはネットで知ったし、ぜひ二枚目も村尾にお願いしたい。他にどんな映像があるのかなと、光流は楽しみだった。

そして二枚目のCDは、子供の頃に作った「海」と、この前の伊豆で作った「クルーズ」に決まった。

同じ海が題材でも年齢分だけ違った曲になっていて、「クルーズ」には明仁への恋要素が入っているから恥ずかしい。明仁には聴かせたくないような、聴いてもらいたいような曲なのだ。

「恋？」のほうは誰にも聴かせるつもりはないものの、たまに楽譜を引っ張り出してはあれこれ書き込んでいる。

ものすごく照れくさくて恥ずかしいが、明仁のことを考えると音や歌詞が頭に浮かぶし、考えを整理するにもいい。

「恋？」に比べたら「クルーズ」は恋要素が少ないけれど、明仁にはちゃんと分かるらしい。ニヤリと笑われ、「ちゃんと俺を意識してるな」と言われた。

どうやら光流が明仁に惹かれていることなどお見通しらしい。明仁の祖父にも録音したのを聴いてもらい「初恋っぽくて、いい曲じゃ〜。昔を思い出したよ」と言われた。

ついでに二枚目の映像撮りのあとで天使姿を撮るのも決まって、光流はまたバタバタと忙しくも楽しい時間を過ごすことになる。

一枚目のＣＤが好評なおかげで少し自信がついたし、「クルーズ」で明仁への気持ちもバレてしまっている感じもするし、いつ告白しようかと考える。

（二枚目のレコーディングのあと？　プロモ映像を撮ったあと？）

光流の性格からして、成り行きで……なんて無理に決まっている。日にちを決めて、その日までにしっかり覚悟を固める必要がある。

勇気を出して、出して――それでも言えないなんてことになるかもしれない。

（レ、レコーディングのときは、無理かも……やっぱり、映像撮りのあとにしようっと）

明日にでも……と思わず、先延ばしするのが自分でも情けない。

でもその代わり、この日は絶対に逃げないで告白するんだと心に決めた。

★
★
★

一枚目のときと同じように、まずはレコーディングだ。

この前と同じスタジオで同じスタッフなので、余計な説明もなく収録に入れる。

やっぱり明仁にスタッフが見えないようにしてもらって、曲にだけ意識を集中してピアノと歌とにOKをもらった。

そして帰りにこの前と同じフルーツパーラーに行って、ご機嫌でフルーツたっぷりのプリンアラモードを食べたのだった。


翌々日には、映像撮り。

プロモーション映像を撮るための服は、明仁が買ってくれたものの中から菜々美に選んでもらった。

ウィッグも角度を合わせてきちんと被り、明仁の車でスタジオに向かう。

一階でピアノを前に弾き語りをするのは同じだが、今回は他の映像も欲しいということで、二階へと上がる。

ブルーバックの前に置いてあるビーチチェアに座ったり、横になったり、読書をしたり、フルーツの刺さったジュースを飲むといったことをする。

最初は演技なんてできないと困惑したが、表情を使うわけじゃないから気にしなくていいと言われて気楽になった。

それに村尾に「普通でいい。ゆっくり指示する」と言われたので、大変じゃない。

いろいろな動きを取り、こんなのでいいのかなと思いつつOKが出た。

次は、天使の撮影だ。

やはり翼はあとからCGでつけるということで、天使をイメージしたらしい真っ白でヒラヒラした衣装に着替えさせられた。

それと、腰近くまである金髪のウィッグ。キラキラのそれは、さすがに恥ずかしい。黒髪とは違う意味で別人のようだし、とても派手で勘弁してほしい代物だった。

ヒラヒラの衣装と相まって、「やっぱり断ればよかった……」と後悔する姿にさせられている。

明仁に声をかけられて渋々部屋の外に出ると、明仁はおおっと感嘆の声をあげた。

「よく似合うな。綺麗だ」

褒められて、嬉しく思いながらも恥ずかしさのほうが勝(まさ)ってしまう。

「そ、そう？　派手すぎてつらい……」

「光流は、ウィッグでずいぶん印象が変わるな。ちゃんと天使っぽいぞ」

「そうかなぁ」

本当にちゃんと天使に見えるのだろうかと首を傾げていると、明仁にポンポンと優しく頭を叩かれる。

「言われるまま、動けばいい。失敗したら、プロの責任ってことで」

菜々美の言葉を持ってくる明仁に、光流はクスクスと笑って頷く。

スタジオに戻ってみると、デッキチェアが片付けられ、代わりに大量の真っ白な羽根が敷かれていた。

「うわー……すごい」

「綺麗なもんだよな」

村尾にこの中に入ってほしいと言われてソロリと足を踏み込むと、羽根は軽いのでフワッと浮き上がった。

「それじゃ、中央に座ってください。正座じゃなくて、楽な感じで」

衣装は足首まである長いものなので、座ったあと、村尾が裾を直してくれる。

「……うん、いい感じです。それじゃ、ゆっくりとした動きを意識しながら羽根を掬(すく)って、撒(ま)いてみてください」

「はい」

「あー……返事はなしで。後ろ姿でも、顎(あご)の動きが映りますから」

「分かりました」

「──それでは、お願いします」

明仁は例によって、カメラに映らない位置で見守ってくれている。

今回は後ろ姿しか撮らないとのことなので、村尾たちに背中を向けていられるのも気が楽だった。

それでもやっぱり緊張しつつ、光流はフワフワの羽根を両方の手のひらで掬ってパッと撒く。

(わぁ……)

目の前で、フワリフワリと落ちていくたくさんの羽根。

綺麗で、何やら楽しい感じだ。

「もう一度お願いします」

返事は心の中だけでしておいて、もう一度両手に掬った羽根を撒く。

綺麗だなぁと見とれていると、「遊びも入れてください。手のひらで受けるとか、ちょっと突くとか」と言う。

(はーい)

ムズムズしていたので、嬉しい指示だ。

光流は手のひらで掬って撒き、落ちてくる羽根を突いてみたり、フーッと息を吹きかけてみたりということをした。

「うん、いいですよ〜。そんな感じで何度かお願いします」

何度か繰り返すと、どうせならもっとたくさん撒いてみたいと思い、両手いっぱいに抱えて膝立ちになり、エイッと思いきりよく撒いてみる。

（わぁー）

大量の羽根が宙に舞い、ゆっくりと落ちてくる。

光流は手を伸ばして、そのうちの一枚を手のひらに受け止めた。

「……はい、ＯＫです。佐藤くん、蝶（ちょう）、よろしく」

「了解でーす」

まさか本物の蝶を放すのだろうかと首を傾げていると、佐藤が虹色のセロファンで作ったような蝶を持ってくる。

「これ、特殊な素材でできていて、めちゃくちゃ軽いんですよ。ちょっとした風でもフワフワ浮くし、綺麗でしょう？」

「確かに……」

「南雲さん、すみませんが手を貸してください。この小型扇風機で風を起こして、蝶が落ちないようにしてほしいんですよ」

「分かりました。光流、平気か？」

「うん、大丈夫。……でも、たまに声をかけてほしいかなぁ」

「了解」

佐藤に渡された五つの蝶。それを言われたとおり、自分を中心にして上に放り投げる。

ゆっくりと落ちてくるのだが、空調に影響を受けているのか羽根とは違う動きを見せている。そこに遠くから明仁が小型扇風機の風を当てると、本物の蝶のようにフワリフワリと飛んでいるように見えた。

「わっ、すごい！」

「これ、五匹を飛ばし続けるの、結構大変そうだな」

明仁は右へ左へと動き回って、光流のまわりの蝶たちを浮かせている。

「すみませんねー。それじゃ、再開します。自由に蝶と遊んでください」

「はい！」

光流は大喜びで虹色の蝶に手を伸ばす。ちょんちょんと突き、息を吹きかけ、羽根を使ってパタパタと風を送ってみる。

ふよふよ～と虹色に煌きらめきながら動くのが楽しい。

ときおり村尾の指示で羽根を撒いたり、腕を上げ下げし、立ち上がって同じように蝶と遊んでいるとあっさりＯＫが出る。

「いいものが撮れました。ありがとうございます」

「え？　もう終わりですか？」

「ええ。狙っていた以上の映像になったと思いますよ。ああ、早く編集したい」

こんなのでいいのかと思うくらい簡単に撮影が終わり、ウィッグを外して衣装を着替える。その間に明仁がタクシーを呼んでおいてくれたから、それに乗ってスタジオをあとにした。

明仁の車は、少し離れた場所にある駐車場に置いてある。ＣＤデビューをして、思っていたよりも評判になってしまっているため、警戒しているのである。

何しろインターネットでは「ＨＭ」の正体捜しが過熱していて、大変なことになっているらしい。

光流はもう「ＨＭ」で検索するのをやめているので、明仁や家族からそのあたりの話を聞いていた。

駐車場でタクシーを降りて明仁の車に乗り換えるとき、明仁は周囲に警戒の視線を送っていたが、光流は明仁への告白のことで頭がいっぱいだった。

レコーディングが終わり、プロモーション映像も撮った——がんばって好きだって言うぞと、朝から意気込んでいたのである。

車中で二人きりになった今がチャンスだと、勇気を奮い起こそうとがんばる。

なんて切り出すべきなのかとグルグル考えていたから、明仁がいろいろと話しかけてくるのに上の空になってしまった。

「疲れたのか？」

心配そうに聞かれて、ブンブンと首を横に振る。

「だ、大丈夫。あの……」

「ん？」

言うなら今だ、と思いつつ、なかなか勇気が出ない。好きだと言うだけなのに、唇が震えて喉がつかえてカラカラだった。

「少し顔色が悪いな。今日はこのまま帰って休んだほうがいい」

「……」

顔色が悪いのは、がんばって告白しようと気合が入りすぎているせいだ。ひどい緊張のせいで、うまく血が回っていない。

明仁への告白に比べたら撮影なんてさほどのこともなく、おかげであまり緊張せずにすんなり終わることができた気もする。

（こ、告白……アキちゃんに、好きだって……恋愛感情ですって言わなきゃ……）

「あ、あの……」

「うん？　あっ、さっきより顔色が悪くなってるじゃないか！　ちょっと無理させすぎたか？あと十五分もすれば帰れるからな。がんばれよ」

「……」

違う、これは緊張のせいで――……と思うが、実際、少しばかり熱があるような気もする。

ない。

（……あれ？）

額に手を当ててみると、確かに熱を持っている。風邪ではないはずだから、知恵熱かもしれない。

（な、情けない……）

一生懸命溜めていたはずの光流の勇気はシュルシュルと萎(しぼ)んでいき、結局何も言えないまま家に帰りついてしまった。

過保護な明仁に抱き上げられて中に入り、寝間着に着替えさせられてベッドに押し込まれる。熱を測ってみると、三十七度四分。ものすごく微妙な熱で、やっぱりこれはただの知恵熱だろうと思う。

風邪を引いたときと違って咳も喉の痛みもないし、少し体が怠いだけで特に問題ない。けれど明仁も母も愛子も大騒ぎだった。

「はいはい。おとなしく寝ます。風邪じゃないんだけどなぁ」

告白しようとがんばっただけで知恵熱って――と落ち込みながら、光流はしばしの昼寝に入った。

三時間ほど眠ったところで目が覚め、頭も体もスッキリしているのを感じる。

試しに熱を測ってみれば三十六度二分で、見事に平熱に戻っていた。

「やっぱり、ただの知恵熱だったか……。うう～ん、告白できなかった……」

絶対にがんばるつもりだったのにと肩を落として、どうしようかなと考える。

「次のチャンスは……二枚目の発売日？　それしかないよね……」

それ以前にも明仁と顔を合わせる機会は何度もあるはずだが、また時間をかけて勇気を溜める必要がある。

「……うん。二枚目の発売日にしよう。今度こそ絶対、絶対、何があっても告白するんだ」

光流はそう覚悟を決めて、よしっとベッドから起き上がる。

「そうと決まったら、ご飯ご飯。たくさん食べて、アキちゃんのおじい様みたいに元気いっぱいにならなきゃ」

また服に着替えるのは面倒くさいからいいかと、上着だけ引っかけて一階のキッチンに向かう。

「愛子さーん。お腹空いた」

「あら、もうよくなられたんですか？」

「うん。風邪じゃなくて、知恵熱だったから。なんというか……ＣＤのこととかグルグル考えてたから？」

「お顔の色もいいですし、食欲があるなら大丈夫ですね。光流様の大好きな中華粥にしましたから、たくさん食べてくださいね」

「やったー」

みんなで夕食を摂り、デザートにプリンをもらって光流はご機嫌になる。撮影は無事に終わったよと報告して、まったりとした時間を過ごす。

——その日の深夜、インターネットに「ＨＭ」かもしれないという写真が載った。

光流がそのことを知ったのは、翌日の午後だった。いつもどおりの時間を過ごしていると、突然明仁がやってきたのである。

コンコンとノックをされて部屋に迎え入れ、明仁の常にない真剣な表情に眉を寄せる。

「アキちゃん？　どうしたの？」

「ちょっと話があってな。……まずは座ろうか」

「うん……」

明仁の深刻な様子に呑まれ、光流は促されるままベッドに腰かける。ピアノがあるから、他の部屋のようにテーブルセットが置けないのだ。

明仁も隣に座り、戸惑う光流の手をギュッと握った。

「あまり動揺しないでほしいんだが……『ＨＭ』の写真が、ネットに載った」

「えっ⁉」

サーッと、血が下がっていくのを感じる。

一瞬にして蒼白になっただろう光流に、明仁が慌てて冷たい頬を両手で包み込んだ。

「ああ、大丈夫だ。光流と判別できるような写真じゃないから安心しろ」

「は、判別……できないの？」

「ああ。昨日の、タクシーに乗り込むときの写真だ。ウィッグをつけているし、顔がちゃんと写っているわけじゃないからな」

見せたほうが早いかと、明仁はスマートフォンでその写真を呼び出してくれる。

スタジオの玄関前を俯きがちに歩き、しかも明仁の体に半分隠れている写真。

タクシーはすでに待ち構えていたから、すぐに乗り込めたおかげでまともに正面を見ている写真はない。

それに前を歩く明仁にはモザイクが掛かっていて、「マネージャー、イケメンでムカつくから消した」というコメントがあった。

光流はホッと安堵の吐息を漏らし、体から強張りが解ける。

「よかった……」

黒髪のウィッグは光流の印象をずいぶんと変えているし、体型の分かりにくいチュニックが性別不詳にしてくれている。

これなら確かに、光流だと分かる人間はいなそうだった。

「二枚目のCDが出るという話が漏れて、村尾さんをマークしていたらしい。グラビアタレントや地下アイドルなんかにつきまとって、プライベート写真を載せるゲスサイトだ」

プライベート写真をサイトに載せられた被害者はずいぶんとたくさんいるし、中には胸元やスカートの中が写っているような写真ばかりを集めたコーナーもあった。ターゲットはみんなまだあまり売れていないグラビアタレントやアイドルばかりなので、事務所のガードも緩くて狙い目らしい。

光流の写真を撮ったときの様子も事細かに書かれていて、二枚目の映像も絶対村尾だから、ずっと張り込みをして撮ったと胸を張っている。村尾は滅多に人物を撮らないし、シルエットも「HM」と合致しているから間違いないと書かれていた。

それに対する反響は大きく、顔がよく分からない、綺麗っぽい、可愛いっぽい、やっぱり女の子だと大騒ぎになっている。

一夜にして大量の書き込みがあり、インターネットだけでなくワイドショーでも取り上げられたらしい。

なんでわざわざ——と疑問だったが、光流が思っているよりCDが売れていて、上位をずっとキープしているとのことだ。トータルの枚数はすでにかなりのもので、明仁からの報告でも十万超えた、二十万超えたと教えられていた。

けれどもうエゴサーチしないことにしている光流の生活はこれまでと変わらず、どうもピンと来ないのである。

スクロールしてそのサイトの他の記事も読み、アイドルの制服や私服写真に顔をしかめる。

「こういうのって、プライバシーの侵害にならないのかな？」

「芸能人だと、なかなか難しいんだよな。見られるのが仕事だし、事務所によっては歓迎するところもあるようだし」

「むぅ……」

ここに載せられた写真自体は顔がちゃんと写っていないからいいとしても、正体捜しが過熱しているのが怖い。

そのサイトだけでなくあちこちに光流の写真が拡散しているようで、書き込みの数も刻々と増えていっている。

「心配するな。この写真じゃ顔は分からないし、『ＨＭ』は黒髪の女の子説が有力だ。光流とは結びつかないさ」

「そうだよね。大丈夫だよね」

自分にそう言い聞かせないと、不安で不安でたまらなくなる。

ジワジワと包囲されていくような息苦しさを感じ、光流は震えを止めることができなかった。

★
★
★

世の中が「ＨＭ」のことで少しばかりざわついていても、光流の生活に変わりはない。ただ、もともと家にこもってばかりだったが、外食しようと誘われても断っている。

以前は家族での外食は楽しみだったのに、今は外に出るのが怖い。いくら大丈夫と頭で分かっていても、知らない人の目に晒されるのが怖かった。

今までと同じように見えても、光流の心は確実に萎縮している。

明仁と再会し、ＣＤを作ることになってからかなり前向きだったのに、すっかり以前に逆戻り……なんなら以前より悪化していた。

明仁や家族たちは、ＣＤを出したからだ、まさかこんなことになるとは――と謝ってくれている。

みんなのせいではないのは分かっているし、ただ単に自分が弱いのが悪いと余計に落ち込んでしまった。

明仁は二枚目のＣＤのことで忙しいはずなのに、毎日顔を見にきてくれる。

「光流～。ケーキ買ってきたぞ。下で食べよう」

「はーい」

一階から声をかけられて、リビングに行く。

「おっ、来たな。今日のは予約しないと買えないチョコレートケーキだぞ。旨いんだ、これが」

カステラのようにカットされたケーキは、チョコレートがどっしりと濃厚で美味なものだった。

「ああ、美味しい……」

「じい様から教えられたんだよ。あの人、暇だから旨い店や取り寄せ食品をチェックしまくりでな」

「やっぱりアクティブ……」

「スマホも、光流よりずっと使いこなしていると思うぞ」

「だよねぇ。この前、猫耳とヒゲをつけた加工写真、送ってきたもん」

「なんでジジイが猫耳？　っていう写真だろ。俺にも送ってきたぞ。おかしなじいさんだ」

光流の祖父は二人とも真面目で普通の人で、スマートフォンも電話とメールしか使っていない。携帯電話なんてない時代の人間にとって、アプリだのなんだのは面倒くさいだけだと言っていた。

引きこもりの光流は画面の大きなパソコンのほうが見やすいし、ちょっと気持ちは分かるな～と思っている。どんどん新しい機能やアプリが出てくるスマートフォンは、追いかけるのが大変そうだった。

「……そういえばアキちゃん、毎日来てくれるのは嬉しいけど、菜々ちゃんが毎日ケーキなんて太る～ってぼやいてた」

「食べなきゃいいんじゃないか？」

「ボクもそう言ったんだけど、『それは無理！』ってキリッと言い返されたよ。美味しいわ～困るわ～って食べるの、なんなんだろうね」

「女あるあるだよな。うちの母親も、自らデザートビュッフェに出かけておいて、ケーキを食べすぎたって文句を言うんだよ。意味が分からん」

「分からないよねー」

笑いながらケーキを食べていると、明仁に頭を撫でられる。

「元気そうだな。もう外に出られそうか？」

「うっ……それは、ちょっと……」

時間が経つにつれてショックは癒えてきたものの、人に見られる恐怖はなくならない。誰かに見られて、「ＨＭ」だとバレたらと思うと、怖くて怖くて仕方ないのだ。

「別にバレても問題ないと思うんだけどな。悪いことをしたわけじゃないし」

「そうだけど……人に見られるの自体が苦手なのに、芸能人って見られ方が違うと思うし。それに、なんていうか……芸能人相手なら見てもいい、話しかけてもいいって感じがない？」

「あるな。ファンあっての商売だし」

「それが怖いんだけど……知らない人に話しかけられるとか、恐怖でしかないよ」

顔色を悪くして、オロオロすることしかできない自分が容易に想像できる。うまく逃げるのも難しいだろうし、絶対に「ＨＭ」だとバレたくなかった。

思わずブルリと身震いする光流に、明仁がよしよしと抱きしめてくれる。

中二のあのときのようにすっかり臆病で甘えたがりに戻ってしまった光流を膝の上に乗せ、甘やかしてくれた。

子供じゃないんだから……という理性の声は、だって落ち着くし……という本音に掻き消される。

好きな人に抱きしめられ、甘やかされるのはとても心地良かった。

（でも、このままじゃまずいよなぁ……）

光流にだって、分かっている。家に引きこもっていて、明仁が日参してくれるこの状況は、誰にとってもよくないと。

明仁に負担があるし、家族は罪悪感を覚えている。愛子が休みのときの外食は家族で出かけるお楽しみだったのに、それも光流のせいで中断しているのだ。

そろそろ一歩を踏み出さないと……と思っている光流に、光流の髪で指遊びをしていた明仁が言う。

「泣きそうな顔も、甘えるのも可愛いが、家にこもりきりは精神的によろしくないよなぁ」

「分かってるんだけど……」

「あんなろくに顔が写ってない写真じゃ、『ＨＭ』の正体なんて突きとめられっこないぞ。まだ、男か女かの論争も決着がついてないんだから。やっぱり女の子説が圧倒的に多い状態だし。そうビクつくな」

「んー……そっか。女の子説が圧倒的なんだ……」

「ああ。ウィッグを長めにしてもらったのに加えて、服も女の子っぽい感じだっただろ？　今は女の子説が八割っていうところかな」

「そうなんだ……そうすると、残りの二割はなんだろ？」

「なんとなく男な気がする、オトコの娘の匂いがするっていう連中だ。今は男も化粧する時代だからな」

「な、なるほどー」

　分かるような、分からないような——旅行のときに菜々美の化粧するところを見たことがあるが、ものすごくたくさんの過程が必要だった。

　大人の女性にとっては日常とはいえ、あれをわざわざしたがるのは謎だとしか思えない。

「女の子説が圧倒的かぁ……じゃあ、外に出ても大丈夫なのかな？」

「おっ？　その気になったか。それじゃ、早速……」

「ま、待って！　すぐは……今すぐは無理ーっ。明日……明日でお願いします！」

　このまま立ち上がって外に連れ出しそうな明仁に、光流はアワアワして言った。

「明日？　まぁ、いいか。じゃあ、明日だな。どこに行きたい？」

「うーん……前に行ったモールかな。あそこのヨーグルトアイス、すごく美味しかったからまた食べたいな」

初めての場所よりは、一度行った場所のほうが気持ち的に楽なのだ。

「結構広くて、半分しか見られなかったしな」

「服は、もういらないよ」

「じゃあ、靴……」

「靴もいらない」

「バッグ？」

「何もいらないってば。なんでそんなに買いたがるかなぁ。ボクのじゃなくて自分のを買えば？」

「好きな子に、自分の選んだものを身につけてもらいたいと思うのは普通だぞ」

その言葉に光流はうっと息を呑み、体温がどんどん上昇していくのを感じる。

「す、好きな子……」

「好きな子だ。告白したの、忘れていないよな？」

そりゃあ……と、光流は呟く。

「忘れるわけない、けど……」

自分からも好きだと告白するつもりだったし。

ＣＤが好評なおかげでようやく生まれた勇気は、いとも簡単に落ち込んだ後ろ向きな自分に木端微塵にされてしまった。

「アキちゃんは大人で、格好良くて、よりどりみどりなのに。わざわざボクみたいな面倒くさいのに手を出さなくても……」

「好きな子なら、その面倒くささも可愛いんだぞ。怯える光流も、泣く光流も可愛い」

「……………」

すごく嬉しくて、すごく恥ずかしい。

弱くて面倒くさくても好きだと言われてホッとするが、情けなさすぎると自分が許せなかった。

明仁の恋人になるならもっと大人で、ちゃんとしてて――と自分にないものを思い浮かべて悩んでしまう。

（いつか、また告白する勇気が出るかな？　やっぱり、まずは外に出ることから……明日、がんばってみよう）

好きって言おうという決心は、心の奥に秘められたままになった。

翌日、明仁は車で光流を迎えにきた。とりあえず二、三時間で切り上げる予定である。

まずは、光流リクエストのアイス店に行った。

駐車場で車を降りて、ビクビクしながら明仁の腕にギュッとしがみついて歩く。

「そう、怯えなくても。ウィッグをつけていないんだから、大丈夫だって」

「頭では分かってるんだけど……」

あの、ろくに顔が写っていない写真と今の光流は全然違う。髪はフワッとした地毛のままだし、服も白いシャツに若草色の薄手セーターという格好で、女の子に間違われることはない。

それでもやっぱりビクついた気持ちは消えなかったが、明仁にくっついたまま黄な粉と黒蜜をかけてもらって店内で食べ、美味し～いと一気に気分が浮上する。

ヨーグルトアイスのブルーベリーソースも食べさせてもらって、ご満悦だ。

「やっぱり、このアイス美味しいよね。お土産に買って帰ろうかな」

「車に戻るときに、また寄ろう。溶けたら困るからな」

「だね。カロリーもケーキよりずっと低いし、菜々ちゃんが喜ぶよ」

過度な緊張はアイスを食べているうちに減っていき、店を出たときにはしがみつくように明仁の腕を取る必要はなくなっていた。

くっついていないとやっぱり不安にはなるのだが、先ほどまでとは違う。光流は明仁と一緒に、前回とは別のところを見て回った。

「服も靴もバッグもいらないよ～」

「分かってる。……でも、すごく似合いそうなのがあったら買うぞ」

「いやいや、いらない。たくさん買ってもらっちゃったから、大丈夫」

その言葉を明仁はまるっと無視して、「おっ、国産デニムの店だ」などと言っている。

「そういえば、そろそろ新しいジーンズが欲しいんだった。光流、ジーンズ持ってるか？」

「持ってない。生地が硬くて穿き心地がよくないよって言われたんだけど」

「ものによる。今はやわらかい生地のもあるし。丈夫だから一本持ってると便利だぞ。……ということで、店に入ろう」

店内に入り、ズラリと並んだジーンズに光流はむむっと唸る。

「同じようなのが山ほど……」

「ちゃんと、違うぞ。男ものはこっちだ。でもって、やわらかめの生地、ストレッチ……深穿きと普通の、どっちが好きだ？」

「えーっと……普通？」

「よし。となると、これかこれだな。ちょっと穿いてみろ。一応、サイズは二つ……と」

ジーンズを渡され、試着室に連れていかれて、試し穿きをする。

「穿いたら見せろよ。チェックするから」

「はーい」

丈が長いと思いながら穿いてみて、思っていたよりずっとやわらかい生地に驚く。いつも穿いているズボンより生地が厚くてしっかりしているが、ゴワつく感じはなかった。

光流は試着室のカーテンを開けて、明仁に見てもらう。

「すごく裾が長いんだけど……」

「詰めてもらえばいいから、問題ない。……うん、似合うな。穿き心地は？」

「いいよ。厚い生地なのに、意外とやわらかいね」

「そうだろう？　ストレッチも効くし、皺にならないから旅行のときなんかも便利だぞ」

「なるほど……」

綿や麻は座り皺が気になることがあるから、いいかもしれないと納得する。

「もう一本も、穿いてみるね」

すっかりその気になっていそいそと穿き替え、鏡に映った姿にうーんと首を傾げる。

「穿いてみたけど、違いがよく分からない」

カーテンを開けてそう訴えてみるが、明仁はブンブンと首を横に振った。

「全然違うぞ、さっきのはストレート、こっちはストレッチで足にピッタリしてる。どっちも似合うが、俺としてはストレートがいいな」

「そう？　じゃあ、そっちにするね」

「裾を調整するから、もう一回穿いてくれるか？」

「分かった」

光流が再びカーテンを締めて穿き替えると、明仁がいなくなっていた。

「あれ？　アキちゃん？」

「隣だ。俺も試着してるんだよ。ちょっと待っててくれ」

「はーい」

その間に試着したジーンズを畳み、重ねて置く。

隣から光流と同じジーンズを穿いた明仁が出てきて、光流の裾を折ってくれた。

「ア、アキちゃんもそれ買うの？」

「ああ、お揃いだ。俺、ストレッチはあまり好きじゃないんだよなー」

そう言いながらクリップで裾の折り目を留める。

「よし、脱いでいいぞ。裾上げをしてもらおう」

「うん」

光流がジーンズを脱いで試着室を出ると、明仁は自分のと二本持ってレジに行く。自分で払うという光流の言葉は、いいからいいからと遮られてしまった。

「でも……」

「それじゃ、お揃いのスニーカーも欲しいから、そっちを光流が払ってくれ」

「え……」

お揃いのジーンズに加え、お揃いのスニーカー。

光流は返す言葉を失い、大いに照れる。

恥ずかしいけれど、嬉しい。嬉しいけど、恥ずかしい。

顔を赤くしてモジモジしている間に会計は終わり、裾上げを待つ間にスニーカーを見るぞと連れていかれる。

大きな靴屋でどれがいいかな～と眺める明仁に、光流はツンツンと服の裾を引っ張って聞く。

「お、お揃いって……本気で？」

「もちろんだ。光流のは、明るい色がいいな。こっちのオレンジっぽいやつか、それともペパーミントグリーン。さすがにピンクはいやか？」

「ああ、うん、ピンクはちょっと……じゃなくて、そのー……恥ずかしくない？」

「いや、全然。好きな子とお揃いなんて、嬉しいだろ」

「そ、そう……」

いや、確かに嬉しいけれども……とオロオロする光流に、明仁が二足のスニーカーを手に聞いてくる。

「どっちが好きだ？」

「……こっち」

グラデーションになっているペパーミントの色が爽やかで、思わず素直に答えてしまう。

「よし、これだな。それじゃ俺は、黒かネイビーか……どっちがいい？」

「ネイビー」

こちらもやはりグラデーションになっていて、さっき買ったジーンズと濃い部分の色目が似ている。

「よし、決まり。サイズを確認するぞ」

「う、うん……」

（ジーンズもスニーカーもお揃い？　うわぁぁぁぁ）

それは普通カップルがすることだと、光流は内心で身悶える。

恥ずかしい、嬉しい、照れる——もう何度も明仁によって掻き立てられている感情だ。いやじゃないからいらないと言えないし、まだ告白してないのに——という困惑もある。

情けない自分のことだから、このまま流されてなんとなく付き合っている感じになってしまいそうだなぁと思ってしまった。

（それはよくない。なんか、ずるいというか……）

気持ちには、ちゃんと気持ちを返したい。一度は告白するつもりで勇気を溜めていたのだから、二枚目のＣＤの発売日には絶対にがんばろうと心に決める。

（み……三日後……がんばるっ）

それがあるからこそ、今日も外出してみたのである。告白前の足慣らしというか、外出すらできないんじゃ告白なんて到底無理というか……。

それでもとりあえず外出自体は大丈夫そうだと、光流は胸を撫で下ろしていた。

実際に履いてみてサイズを確かめ、約束どおり光流が支払いをする。

嵩張るスニーカー二足は、サッと明仁が持ってくれた。

「発売日に、これを履いてまた渋谷に行くか？　新宿でもいいぞ」

「行く！」

それを切っ掛けに、明仁が好きだと告白するのだ。

今度はもう、言い淀むのも逃げるのもなしで、絶対にがんばる。

「じゃあ、新宿にするか。都庁の上からの眺めはなかなからしいぞ。……いや、どうせなら夜景を見ながら食事でもするか」

「夜景……」

「宝石箱をひっくり返したような光景っていうのが、ピッタリだ。イタリアンか、中華か……居酒屋なんかも面白いかもな」

「居酒屋？」

「夜景が売りの、ちょっと高めの居酒屋がいくつかある。光流は行ったことないだろう？」

「うん。まだ未成年だし」

「酒を飲まなきゃ問題ない。懐石や和食処とは違うし、たまにはよさそうだ。いい店を予約しとくな」

「うん、ありがとう。……焼き鳥屋さんとは違うんだよね？」

「焼き鳥もある、っていう感じか。メインじゃない。光流は海産物が好きだから、それが売りの店を探す」

「ありがと。楽しみ」

居酒屋デビューが夜景の綺麗な店なんて、贅沢だなぁと光流はニコニコする。

（や、夜景を見ながら、す、す、好き……って言うぞ。がんばるっ）

これで告白の目途も立ったと気合の入った光流は、内心でグッと拳を握る。

それからあちこちの店を覗き、ときには「これ、絶対光流に似合うぞ」と服を購入されてしまいつつ時間を潰す。

「わあっ、駄菓子屋さんだ！　お祭りの夜店で、いろいろ買ってもらったなぁ」

いかにもチープだし、そんなに美味しいわけではないが、楽しい記憶と結びついている。

そしてその記憶の中には、明仁もいた。それは両親も同じようで、光一郎と明仁に連れていってもらったお祭りのお土産の駄菓子を、とても喜んで食べていた。

「アキちゃん、見ていっていい？　お土産に買っていきたい」

「ああ、懐かしいな。俺はこの、カレースナックと飴玉が好きだった」

「ボクも、この飴大好き。いろいろな味を買おうっと」

籠を持って真剣に飴を選んでいると、明仁があれもこれもと入れてくる。

「……おっと、電話だ。ちょっと出てくるから、ここにいるんだぞ」

「はーい」

明仁が店を出て電話で話している間、光流は飴を選び終え、他のものに移った。

「あ、ラムネだ。これ、好き。それに、コウちゃんが好きなチョコ、菜々ちゃんの好きなカステラ……」

欲しいものがたくさんある。みんなでワイワイ言いながら食べる光景を想像し、光流は浮き浮きと籠の中に入れていった。

ソース煎餅は大袋で買うべきだろうかと楽しく悩んでいると、いきなり腕を掴まれる。

全身の感覚が、これは明仁ではないと察する。

ギョッとしながら見てみれば、知らない男がいた。

「エ……エンジェル！　ボクのエンジェルちゃんだっ。こんなところで会えるなんて、やっぱり結ばれる運命なんだね‼」

ひょろひょろに痩せていて、筋肉の欠片もない男。伸ばしっぱなしの髪を後ろで結んでいるが、どうにもだらしない印象だ。

知らない男だと断言できるし、言っている内容も電波系で怖かった。

恐怖で硬直し、顔を青ざめさせる光流は、か細い声で「だ、誰……？」としか言えない。

「キミの運命の相手だよ！　神様がキミと出会えるよう、ここに送り込んでくれたんだ。初めまして、ボクのエンジェル！」

そんなことを言われても知らない相手だし、やっぱり発言がとんでもない。

（に…逃げなきゃ……）

そして明仁に助けを求めて……なんてオロオロしながら考えている間に、店にいた女性が声をあげてくれた。

「へ……変質者――っ‼　ストーカー？　ちょっとあなた、固まってる場合じゃないわよ。いやならいやって言いなさい‼」

叱りつけられ、ようやく硬直が解ける。

そして女性の勢いに押されるまま、必死で声をあげた。

「……や……やだ‼」

「変質者？」

「へ、変質者！」

口にすると、そうだ、この男は不審者で変質者で危ないやつなんだと実感が湧く。

掴まれた腕が、ギラギラと凝視してくる目が、迫る顔が気持ち悪くて鳥肌が立った。

「は、放して……放せよ、放せ‼」

こんな大きな声を出したのは初めてかもしれない。

腕を振って振り解こうとしてみるが相手の力のほうが強く、光流は大声で明仁に助けを求める。

「アキちゃん、助けて！　変質者がいる――‼」

「光流⁉」

光流の声を聞きつけて、明仁が駆けつけてくれる。

男の手をもぎ離して光流を腕の中に抱え込み、男を睨みつけた。

「なんだ、お前は！」

「お前こそ、なんだよ。ボクのエンジェルちゃんに触るな。……って、今、ヒカルって言ったよね？　やっぱり、『HM』だ。『H』はヒカルの頭文字だもんね」

光流はばれたと思って明仁の腕の中でビクリとしてしまったが、明仁に優しく背中を叩かれる。大丈夫、大丈夫と、優しい感触が手のひらから流れ込んでくる。

そして明仁が言い返す前に、女性が「キモい！」と反論してくれた。

「『HM』って、今話題の『HM』？　黒髪の美少女でしょ。この子、全然違うじゃない。それに頭文字だけで言えば、私は穂波(ほなみ)だから、私も『H』だわよ」

「黙れ、ばばあ！」

「まだ二十代よ！　あんたこそ、キモ男のくせにっ。綺麗だからって、男の子に襲いかかる変質者‼」

「行き遅れのばばあが！」

「キモキモキモキモ男！」

何やら二人でものすごい言い争いになっている。その激しさに、女性店員もオロオロするばかりだ。

「光流、大丈夫か？」

「う、腕、掴まれただけ、だから……でも、怖かった……」

「ごめんな。電話なんて無視して、側にいればよかった」

「アキちゃんは悪くないよ。まさか、お店の中でこんな目に遭うと思わなかったし……」

「まったくなぁ。……ああ、警備員が来た」

騒ぎを聞きつけた警備員に連れられて、四人で警備室に行く。女性も目撃者として自主的についてきてくれたのがありがたい。光流よりよっぽどちゃんとあったことを話してくれそうだった。

実際、事情説明は女性がしてくれる。

「この子がお菓子を選んでいたら、このキモ男がいきなり腕を掴んだんです。初対面ですよ。自分でそう言ってたんだから。変質者です！」

「バカ女！　ボクとエンジェルちゃんは運命の相手だよ。この子は『HM』で、ヒカルくんっていうんだ。あの写真はボクが撮ったし、何千回も見直して、運命の人だって分かったんだ。ねぇ、そうだろう？　ボクのヒカル」

ギラギラとした目で見つめられて、光流は明仁にしがみついたままブルリと震える。

「き、気持ち悪い……」

「その男はなんだよ。ただのマネージャーじゃないのか？　ボクのエンジェル、どうして、そんな男に抱きついてるんだ。抱きつくなら、ボクにだろ‼」

なんでだよ……と思ったのは、おそらくこの男以外全員だ。

そしてやはりいち早く女性が突っ込んでくれる。

「そんなわけないでしょうがっ。妄想キモ変質者！　妄想、激しすぎっ」

「まったくだ」

明仁も同意し、女性は光流を見る。

「ちょっとあなた。こいつ、ヤバいやつよ。警察に突き出して、接近禁止命令とか出してもらったほうがいいわ」

それに答えたのは明仁で、光流は明仁の胸に顔を埋めて男を見たくないと現実逃避中だった。

「もちろん、そうします。すみませんが、もう少しお付き合いいただけますか？」

「ええ、大丈夫です。今日は有休を取っていて、のんびりショッピングするつもりだったので」

「それは申し訳ないことを……ですが、助かります。かわいそうに……このとおり、怯えてしまっていますから」

「こんなキモい変質者に襲われたんだから、当然ですよ。いきなり腕を掴まれてまくしたてられるのって、かなりの恐怖ですもの」

二人からの希望とあって警備員が警察に連絡をしてくれて、すぐに警察官が駆けつける。男が別の部屋に連れていかれ、改めていろいろと聞かれた。

女性と光流の証言は一致しているし、防犯カメラもある。光流が未成年ということで、警察官の対応も優しく親切なものだった。

腕を掴んで喚き立てるというのは、ちょっとした暴行に当たるらしい。最近はストーカー犯罪が増えてそのあたりも厳しくなってきているし、光流が未成年なのは男にとって不利のようだ。

それに男の名前で照会した警察官に、男はつきまといの常習者で、こういったことが初めてではないと教えられる。

目の前から男がいなくなったことで光流も落ち着きを取り戻し、男の言葉を冷静に考えられるようになる。

（あの人、ボクを「ＨＭ」って見抜いてた。それに、あの写真を撮ったって……）

つまりは、「ＨＭ」の写真を載せたサイトの人間ということになる。

グラビアタレントや地下アイドルのプライベート写真をたくさん載せていたわけだから、つきまといの常習者なのは納得だった。

「光流も、接近禁止命令を取ったほうがいいな」

「うん……でも、それで名前とか住所がばれちゃうのはいやかも……」

光流の不安に対し、対象者の情報を漏らすことはないと警察官が断言してくれる。丁寧に手続きの方法も教えてくれたので、後日警察署に行くことになった。

ようやく帰れることになり、光流はここまで付き合ってくれた女性に礼を言う。

「あの……本当にありがとうございました。すごく、すごく助かりました。あなたがいなかったら、固まったまま動けなかったかもしれません」

「私からもお礼を言います。光流を庇(かば)ってくださって、ありがとうございました。しかも、こんなにお時間を取らせてしまって……何か、お礼を——……」

「ああ、いいです、いいです、大丈夫。どうせ今日は暇してたので。ちょっとした武勇伝として、話のタネにもなることだし。それより、光流くん？　キミ、ああいうのに目をつけられやすそうだから、気をつけたほうがいいよ」

「は、はい……」

「それは、私も充分気をつけます」

女性の忠告に明仁がうんうんと頷くと、クスリと笑われてしまった。

「格好よくて、頼りになりそうな彼氏だねー。お似合いでうらやましいな」

「あ、ありがとうございます？」

女性の言葉を否定する気になれない。

あの男が気持ち悪くて、明仁に抱きしめられてホッとして、改めて自分の気持ちに気づかされた。そして女性に促されたことで、大きな声で男を拒否できたのも大きい。ちゃんといやだと、放せと言えた。

中二のときの光流は同級生たちに口を塞がれ、声も出せない状態で怯えるしかできなかったので、危機に遭って大きな声を出せたのが嬉しかった。

何か、吹っ切れた気がする。明仁は今の光流が好きだと言ってくれているのに、うじうじと悩んでいたのがバカバカしく感じられる。

明仁は、光流がダメな子だとも、情けないとも言っていない。自分に自信のない光流が、勝手に明仁とつり合わないと思い悩んでいただけだ。

それで明仁を待たせ、優しさに甘えるだけ甘えて、何も返していない。そのほうがよっぽどズルくて情けないことだと思った。

光流のトラウマを抉る今回の出来事だが、うじうじと思い悩んでいるのを吹っ切るいい切っ掛けになってくれた。

女性と別れ、駐車場に行って車に乗り込む。

シートベルトを締めてくれようと身を乗り出す明仁に、光流はグッと腕を掴む。

「アキちゃん、ボク、アキちゃんが好き！」

あまりにも鼻息荒く勢い込んで言ったせいか、明仁は目を瞠って驚いた顔をしている。

「どうした急に。ずいぶん唐突だな」

「うん。なんか、あいつに大きな声を出して吹っ切れた。ショック療法みたいな？　お姉さんが、いやならいやって言えって言ってくれて……ちゃんといやって言えて……いやだけじゃなくて、いいもちゃんと言わなきゃダメだって思ったんだ」

「……なるほど。その好きは、俺と同じ好きと思っていいのか？」

「うん……ちょっと前から気がついてたけど、ボクは自分に自信が持てないから……。アキちゃんにつり合わない、せめてＣＤが世間的に認められたら少しは自信が持てるかも、そうしたら好きだって言おうと思ってたのに……すごくがんばって、勇気を溜めてたんだよ」

「そんなときに、例の写真騒動があったわけか。光流はずいぶん落ち込んでいたし、また自信がなくなったんだな」

「うん、そう。情けないけど……」

「自信を持とうが持つまいが、光流は光流だと思うんだが……俺は、こういう光流がいいと指定した覚えはないぞ」

「そうだよね。……でも、ボクには分からなかったんだ。学校に行けない、友達もいない、一人で外にも出られない自分が嫌いだったから……」

「俺は、どんな光流も可愛いし、愛おしいと思っているぞ？」

「うん、ありがとう。アキちゃんは、そう言い続けてくれたのにね……。自分のせいで好きだって言えなくて、モヤモヤしながらアキちゃんに甘えて、ボクってずるいと落ち込んで……なんかホント、バカみたいだ。アキちゃんが好きなのに、もっと早く素直になればよかった」

「光流……」

「アキちゃんが好きだ。恋人にしてくれる？」

「もちろん。俺が初めてそういう意味で意識したのは、光流が十四歳のときだ」

「じ、十四歳？　でも、それって……」

　十四歳といえば、同級生に襲われた年齢だ。

　眉を寄せる光流の頬が、明仁の両手に優しく包み込まれる。

「光流が襲われて……光流を襲ったというやつらに猛烈な怒りが込み上げると同時に、妙な嫉妬心があるのに気がついたんだ。泣いて、落ち込む光流を慰めながら、抱きたいという衝動も覚えたしな」

「え……」

　あの頃の光流はピリピリと過敏になっていたはずなのに、明仁にそんな感情を向けられていることにまったく気がつかなかった。

「震えて甘えてくれる光流が可愛くて、愛おしくて……だが、それはあくまでもこんな弟が欲しかったという気持ちだと思っていただけに、ショックだったな。もちろん、罪悪感もあったし。だから光流を見舞いながら、自分の気持ちを探っていたんだ」

「そ、そうだったんだ……」

まったく気がつかなかったし、ただただ優しく、甘やかしてくれた記憶しかない。

「光流に頼られて、甘えられると、腕の中に囲い込んで離したくなくなる。けど、泣いてる顔は――……そんなやつらのために泣くなと、泣くなら俺の腕で、俺のために……と思ったんだ。他の男に心を揺らす光流に苛立ちを感じて、自分の気持ちが執着とか独占欲といったものだと気がついた。まだ十四歳の光流は……ましてやあのときの光流にはぶつけられない感情だろう？　だから光流が落ち着くのを待って、少しずつ観月家に行かないようにしたんだ」

「それって……それって、つまり、本当に十四歳のときからボクのこと好きだったの？」

「いつ恋情に変わったのか自分でも分からないが、あれが切っ掛けで気づいたのは確かだな。光流の様子は光一郎に聞いて、写真も見せてもらっていたんだが……花見のときの光流が可愛くてなぁ。歌を作っているなんて知らなかったし、光流に会いたくて我慢できなくなった。もう四年も会っていなかったわけだし、ずっとくすぶり続けている想いを確認したかったしな」

「花見のあれ……そうなんだ……」

一口のシャンパンでご機嫌になって歌っている映像を撮った光一郎を恨んでいたが、もしかしたら感謝するべきなのかもしれない。

　おかげで明仁とまた会えるようになって、ＣＤを出すという名目でしょっちゅう会えて、伊豆にも一緒に行けて——好きだと言ってもらえた。

「俺はかなりしつこいらしいから、恋人になったら、光流がいやだと言っても離さないぞ」

「アキちゃんを、いやだなんて思わないよ。物心ついたときから、アキちゃんは特別だったもん。コウちゃんの友達はたくさんいたけど、アキちゃんより格好いい人はいないってずっと思ってた。ボクの初恋なのかなぁ」

「それは嬉しいな。……なぁ、光流。ようやく両想いになれたことだし、俺の部屋に来ないか？」

「……え？　あ、うん……はい……」

　答えるのにためらいがあったのは、無事に好きだと告白できたことで恋人同士になったがゆえに、ベッドが頭を過ぎったからだ。

　相手が経験豊富な大人なので、ついついそっちの方向に思考が行ってしまう。

　しかしそれは明仁に筒抜けのようで、クックッと笑いながら言われる。

「そんなに警戒しなくても、光流がいいと思えるまでそういった行為はしないさ。ああ、でも、これくらいはいいだろう？」

　そう言って明仁は光流にチュッとキスをし、光流はアワアワとする。

　一瞬とはいえ、唇へのキスだ。光流のファーストキスになる。

（チュッって……チュッって……）

「いやだったか？」

「い、いやじゃない」

「じゃあ、もう一度」

先ほどより長いキス。あたたかな明仁の唇の感触、ぬくもりを感じる。

「――――」

初めてのキスに光流がテンパり、目を回しそうになると、明仁がフッと笑ってシートベルトを締めてくれた。

（なんか……フワフワする……）

光流がキスにポワンとしている間に車は発進し、明仁のマンションに向かった。

十階建てのマンションは、母方の祖父の遺産の一部だという。明仁の不労所得の、かなりの部分を占める資産だ。明仁は祖父母が住んでいたペントハウスをリフォームして、そのまま住んでいるとのことだった。

駐車場から直接、ペントハウス専用のエレベーターに乗り込む。

「あとでコンシェルジュに紹介して、光流用のカードを作ってもらおう」

「あ、ありがと……」

　隠すつもりのない明仁は、堂々として頼もしい。そういえば伊豆の祖父の前でも、手を繋いだり、熱く見つめられたりと、いろいろされた気がする。

　光流としても明仁の恋人と見られるのは嬉しいが、絶対に抱かれる側と思われると分かっているので、それはちょっといやだなと思った。

　エレベーターが着くとそのまま玄関になっていて、光流はお邪魔しますと靴を脱ぐ。リビングに通され、ソファーに座るように言われた。

　初めて来た部屋にソワソワしていると、落ち着かない光流のために明仁が飲み物を用意してくれる。

「日本茶でいいか？」

「うん」

　スッキリと整頓された部屋は、明るめで爽やかな緑色を基調としている。オシャレだなと思いつつ、明仁のイメージとはちょっと違うと首を傾げる。明仁ならもう少し落ち着いた色合いを選ぶような気がしたのだ。

「カーテンとか家具も、おじいさんたちのをそのまま引き継いだの？」

「家具は、わりとそのままが多いかな。さすがに主寝室のベッドは買い換えたが。ああ、それと、ソファーセットもか」

「それじゃ、この綺麗な緑色のソファーやカーテン、アキちゃんが選んだんだ」

「ああ。光流のイメージが、こういう色なんだよな。明るくて、軽やかな春の緑だ」

「え……」

光流のイメージで部屋を作ったと言われ、光流は顔を赤くする。

離れている間も光流のことを想っていたと言われたようで、どんどん体が熱くなっていくのを感じた。

「はい、日本茶。コーヒーと日本茶しかないんだよ。茶菓子も煎餅で悪いな」

「お煎餅、好きだよ。いただきます」

とりあえず、明仁から気が逸らせるのはありがたい。

光流が煎餅を齧っていると、横に座った明仁がノートパソコンを開く。

「トレーダーの仕事？」

「いや。あの迷惑男の名前が分かったからな。じい様に伝えて、処理してもらおう」

「処理……」

なんだか怖い響きだなぁと思うものの、あの男に怯え続けるのはいやだから、何らかの手を打ってくれるのはありがたい。

ものすごい速さでキーを打つ明仁の横顔に、格好いいな～と見とれてしまう。

この人が自分の恋人というのが信じられず、まだ気持ちがフワフワしていた。

（キ、キス……しちゃったし……ううっ、信じられない……）

しかも、二度もだ。一度目は不意打ちの触れるだけのもので、二度目はしっかりと唇を合わせた、キスらしいキス。

（意外と……唇、やわらかかったような……あうぅぅぅ）

思わず明仁の唇をジッと見つめてしまい、光流は内心で身悶えていた。

やがて明仁がパソコンを閉じ、冷めかけたお茶を飲みながらニヤリと笑う。

「何を考えてたんだ？　顔が赤い」

「べ、別に……」

「ずっと俺の顔を見ていたよな。顔というより、口？　キスを思い出してたんだろう？」

「……」

そう聞かれて光流の顔が真っ赤になり、明仁に抱き寄せられる。

額や頬に優しくキスをされたあと、唇にキスをしてもいいかと聞かれた。

「う、うん……」

光流が頷くと顎を持ち上げられ、唇が重なる。

「——」

優しく、あたたかく、気持ちがいい。

チュッチュッと何度も繰り返しキスされ、うまく呼吸できずに苦しくなってきた光流が口を開くと、スルリと舌が潜り込んできた。

「あ……」

明仁の舌が光流の舌をくすぐり、絡みついてくる。

光流は内心で激しく動揺し、慌てふためくが、いやだとは思わない。どうしていいか分からず固まったまま硬直する口腔内を、明仁の好きにされる。

絡まり、吸ってくる舌。中を動き回り、あちこちを舐めてくる。

目を回しそうになっている光流の体を、明仁の手が確かめるように撫で始める。

触られることでくすぐったいようなムズつく感じが生まれて、どうにも落ち着かない。濃厚なキスですでに光流の体は熱くなり始めているのに、さらに体温が上がっておかしな感覚にジッとしていられなくなった。

（な、なんか……体、変……）

明仁のせいで熱が出そうなどと考えていると、唇を離した明仁に熱い吐息交じりで囁かれる。

「……まいったな。光流が欲しくてたまらない」

「う……」

大好きな明仁の声に耳をくすぐられ、ムズムズが大きくなる。光流も、もっとキスしてほしいし、もっと明仁を感じたいと思ってしまう。

「あ、あの……ボク、たぶん下手……なんだけど……」

性知識は中二で止まったままだ。男同士でもできることは知っているが、詳しいことは分からない。初めてだから明仁を満足させられるとも思えないし、つまらないと思われたらどうしようと不安だった。

「光流は寝ているだけでいいんだが……いいのか？　怖いんじゃないか？」

「怖いけど……相手がアキちゃんなら平気。アキちゃんは好きな人で、恋人だもん。恋人なら、こういうことをするの、普通だよね？」

「そうだな」

明仁は嬉しそうに笑い、もう一度キスをしてから光流を抱きしめてくる。そしてソファーから立ち上がって抱き上げられ、寝室へと連れていかれた。

リビングと同じ色彩のベッドカバーにシーツ。サイドテーブルには、光流が中学に入学したときの写真がある。

入学式のあと、真新しい制服を着たままみんなで食事に行き、明仁も合流してくれたときの写真だ。

それに中二の——あの事件が起こる前に行った夏祭りの写真。浴衣を着て、明仁と綿菓子を摘まみながら楽しそうに笑っている。

「これ……」

「可愛いだろう？　実物に会えないから、写真を眺めて我慢していたんだ」

「アキちゃん……」

本当に、ずっと好きでいてくれたんだと思うと、ブワーッと喜びが湧き上がってくる。

（どうしよう……すごく、すごく嬉しい……）

好きで好きでたまらず、愛おしいという感情に支配される。

泣きたくなるほど感極まり、ヒシッと明仁にしがみついた。

「アキちゃん、好き！　大好きっ」

「光流……」

明仁の声に熱がこもったかと思うと、後ろに押し倒される。

覆い被さってきた明仁に唇を塞がれ、濃厚なキスをされた。

「ふぅ……ん……」

どうやって息をすればいいのか分からないようなキス。思わずといった感じで鼻にかかった声が漏れて、光流はカーッと赤くなる。

強張る指で明仁の背中にしがみつきながら、必死でキスに応えようとがんばった。

けれど何もかも今日が初めての光流では明仁に翻弄されるばかりで、いつの間にかシャツのボタンが外れて乳首をいじられているのにも気がつかなかった。

薄くて平らな胸の、意味のない飾り。普段はまったく意識しないそこを指で刺激され、むず痒さを伴う甘い痺れが生まれる。

プクリと膨らんだ乳首を指の腹で擦られるたびに、じんわりと熱が広がっていく。

「あ、ん……」

ますます呼吸が苦しくなって喘ぐと、明仁の唇が離れ、放っておかれたもう一つの乳首に吸いつかれる。

「あっ……！」

指とは違う感覚にピクッと体が震え、下肢が熱くなるのを感じた。

両方の突起を指と唇とで愛撫されると、どんどん体が熱くなっていく。気持ちいいような、居心地が悪いようななんともいえない感覚で、どうすればいいのか分からない。

本能はもっといじってほしいと訴えているが、そこには未知の体験に対する恐怖もあった。

執拗に胸をいじられているうちに光流の体には力が入らなくなり、明仁にしがみついているのも難しくなる。

さざ波のように押し寄せてくる快感の波をなんとかやり過ごすだけで必死だった。

「や……あ、んっ…あ……」

明仁は愛撫をとめず器用に光流の服を脱がしていき、誘導されるまま腕やら腰やらを上げさせられ、気づけば裸に剥かれてしまっていた。

剥き出しの脚を明仁の手が撫で、唇が乳首を離れて胸に下り、そして立ち上がりかけた性器へと到達する。

「ひあっ⁉」

もっとも敏感なところをいきなり口に含まれ、驚きの声があがる。

ぼんやりと霞がかかっていた意識が一気に覚醒し、自分のものを咥えている明仁に目眩を感じた。

いっそ気絶してしまいたいという光景だが、そこから生じる強烈な快感にそんなことを考えていられなくなる。

たまにする自慰とは、比べものにならない刺激。ゆるゆるとした快感ではなく、一気に坂道を駆け上がるような激しさだ。

一瞬にして頭の中が真っ白になった光流は、恥ずかしいと感じる余裕もなく押し寄せる波に呑み込まれる。

「ああっ、あ、あ、あ……」

口の中に包まれてその熱さを感じ、絡みつく舌に舐められる。強く吸われるとブルブルと腰が震え、あっという間に頂点まで導かれてしまった。

「あっ……あぁぁ‼」

頭の中で火花が弾け、明仁の口の中に欲望が爆ぜる。

強すぎる快楽に胸を喘がせながら放心していると、明仁に俯せにされる。そして無防備なうなじや背中に口付けられ、吸われた。

　甘い余韻に浸っている光流は、それにも敏感に反応してしまう。

　背中に触れる手と吸われる感覚――どちらもゾクリとする。

　まだ呼吸も整っていない状態でのさらなる快感はつらいのだが、期待している部分もある。体は素直に受け入れ、明仁のもたらす刺激を追っていた。

　しだいに下へと下りてくる手と口とが、まろやかな双丘（そうきゅう）を襲う。両方の手で包まれ、揉（も）まれ、左右へと掻き分けられた。

「ひっ⁉」

　考えもしなかったところを暴かれ、そこに熱く濡れた感触を覚える。

　何をされているのか分からずに後ろを向いてみれば、明仁が光流の双丘に顔を埋めていた。

「……やっ‼　ア、アキちゃん⁉」

　悲鳴とともに体を強張らせていやだと訴えると、明仁は顔を離して言う。

「本来、受け入れるようにできていない体だからな。光流を傷つけないためには、ここをしっかりと解（ほぐ）す必要があるんだ」

「で、でも……でも……」

　そんなところを舐められるなんて知らなかったと、光流は竦（すく）みあがっていた。

「大丈夫。光流は、こんなところまで可愛いぞ」

「……」

何を言っているのかとか、変なことを言わないでほしいとか、パニックを起こした頭でグルグルと考える。

これは無理、本当に無理と、泣きたくなった。

自分はあまりにも男同士の行為について無知だったと思い知る。こういう時代だから性に関する道具も発達していて、潤滑剤を使えば大した苦労もなく受け入れられるんじゃないかと考えていたのだ。

（それが、こんな……）

無理無理無理無理と光流は明仁に訴えるが、明仁は大丈夫と言って秘処を舐め始めた。

「やぁ……やだぁ……」

舌で入り口をくすぐられ、濡らされ、指の腹で揉み込まれるようにされる。

それはもう本当にとんでもない感触で、光流の体は強張り、肌が粟立っていた。

射精の熱は冷め、今は寒気さえ感じる。少しやわらかくなったところにスルリと指が入り込んでくると、光流はシーツをギュッと握りしめてその異様な感覚に耐えることになる。

「力を抜いて」

「うー……」

そんなことを言われても……と思うが、これは光流が望んでいる行為でもある。

おそらく光流とは比べものにならない一物を持っているだろう明仁を、受け入れるために必要な行為。

光流が怖気づき、本気でいやがれば、きっと明仁はやめてくれる。自分の欲望を押し殺し、次の機会にがんばろうと言ってくれる。

それが分かっているから逃げたい気持ちもなくはないが、それじゃダメだとグッと堪えた。

ちゃんと明仁の恋人になりたくて——明仁を誰よりも近くに感じたくて——光流は深呼吸を繰り返し、なんとか体から力を抜こうとする。

指はさらに奥へと入り込んできて、中を探るように動き始める。相手が明仁でなければ、とてもではないが我慢できない感覚だった。

しかしそれも、しばらくすると慣れてくる。異物感がなくなるわけではないが、とりあえず痛みはないし、中をいじられるうちにむず痒さが生まれてくる。

乳首をいじられたときと似ているようで違う、甘い痺れ——すっかり冷めていた体に再び熱が生まれる。

明仁はゆるゆると指を動かしながら唾液を送り込むように舐めていて、光流の反応を見て指を二本へと増やす。

「はっ……う……」

やっぱり痛みはなくて、その代わり異物感は大きい。けれどしばらく待てば慣れていって、付け根まで差し込まれて中を掻き回される。

「くぅ……ん、んっ」

肉襞を擦られ、二本の指を抜き差しされて、ビクビクと腰が震える。

くちゅりという湿った音が聞こえるのが、余計に光流を掻き立てる。

とんでもないところを舐められ、指を入れられて、快感を覚えている。

気持ち悪い感覚のはずなのに体は熱くなり、萎んでいた性器も立ち上がりかけていた。

「痛くはなさそうだな」

「んっ……あ、へ、平気……」

実際、痛みより羞恥と異物感がすごい。明仁を受け入れるためとはいえ、いったいどれだけ我慢すればいいのか眉を寄せる。

「もう少しがんばろうな。光流を傷つけたくないんだ」

「う、ん……あっ、あ」

そうして指が二本から三本へと増やされ、光流はいやというほど喘がされることになる。

「も、もう……やぁ……あんっ、あ、あっ」

窄まった蕾を執拗にいじり回され、腰が淫らに揺れ動いてしまう。

三本に増えた際に明仁の手が光流の性器を弄び始めたから、前と後ろを同時に攻められることになった。

もはや気持ちいいのか悪いのか、どちらの感覚に喘いでいるのかも分からない。

ときおり込み上げる射精感ははぐらかされ続け、光流はもう無理と泣き言を漏らした。

だからようやくのことで指が引き抜かれたときはホッとするのと同時に物足りなさを感じたが、すぐに腰を抱えられて指とは違うものが押し当てられる。

「光流、愛しているぞ」

その一言で、強張りそうになった体から力が抜ける。

大変な質量を持ったものが、グッと入り込んでくる。狭い入り口を押し広げ、苦しさと恐怖に光流はシーツに爪を立てた。

無理だと、やめてと言いたかったが、それはできない。どんなに怖くて無理だと思っていても、やめてほしくはなかった。

「力を抜いて。痛くはないんだろう?」

「う、うん……」

言われて光流は深呼吸を繰り返し、必死で体から力を抜こうとする。

そのたびに、ズッズッと入り込んでくる明仁自身。大きくて、太くて、長い。その体積を感じると恐怖しかないが、明仁のものだと思えばひたすら我慢するしかない。

たっぷりと解されたからか、痛みがないのが救いであり、やめてほしいと言わないためのよすがになっていた。

「んっ、くぅ……あ……」

熱い脈動が、これは明仁の分身なのだと伝えている。あまりにもすごい存在感で、ようやく根元まで挿入されたときには光流はもう息も絶え絶えだった。

灼熱の棒で串刺しになり、動くのが怖い。明仁もジッとしてくれていて、優しく宥めるように背中を撫でられた。

「大丈夫。ちゃんと入ったぞ」

「ん……」

三本まで増やされた指も、しばらくすれば慣れた。今も少しずつ恐怖と苦しさが薄れていって、強張った体も楽になっていく。

それを待っていたかのように、ゆっくりと明仁が動き始める。

「ひぅっ……！」

ズルズルと引き出される感覚に鳥肌が立ち、押し込まれる苦しさに息が詰まる。

（こ、怖い……）

裂かれる、壊れるという恐怖に加え、自分の中の未知に対する怖さもあった。

明仁は光流の体から力が抜ける瞬間を狙って動き、前へも手を伸ばしてくる。衝撃に萎えかけていたものは、大きな手に包まれて上下に擦られることで勢いを取り戻した。

「あ、んっ……」

未知の感覚より、すでに知っている快感のほうがいいに決まっている。

光流の体は性器への愛撫を求め、そちらに意識を集中させることで体内を穿たれる違和感を忘れようとした。

「あぁ……う、ん……あっ、あ……」

分かりやすい快感に、甘い喘ぎが漏れる。そしてそれに引きずられるように体内の違和感も薄れていき、快感の境界線が曖昧になっていく。

明仁の腰の動きは手と連動しているらしく、突き入れるたびに強く擦り、引き抜くたびに敏感な先端をゴリゴリとする。

不安に怯え、戸惑っていた体は、いつしか前と後ろの両方から快感を得るようになっていた。

「んんっ……あ、んっ……」

白く霞んだ頭に、自分の嬌声が届く。

無意識のうちに明仁の動きに同調し、腰を振っていた。体内の熱はどんどん高まり、快感が深まっていく。

もはや明仁の動きにも遠慮はなくなり、解放を求めてともに頂点を目指していた。

太い先端が奥を突くたびに甘い痺れが全身を貫き、ドクンと心臓が高鳴る。

夢中になってその感覚を追っていると、どんどん甘さは濃く、間隔が短くなっていく。

初めての光流にとっては強烈すぎる快感で、ズンッと深く突き上げられた瞬間に欲望が弾け

た。

「あ……ぁあぁぁぁ……‼」

勢いよく白濁とした液を吐き出すと同時に二度目の絶頂を味わい、ギュッと明仁のものを締め上げることで明仁もまた達することになる。

「ひゃあ……う……」

体内に精液を叩きつけられるのに悲鳴をあげながらも、安堵と充足感が光流を包み込む。

想像よりずっととんでもなく大変な行為だったが、無事に終わらせることができたのだとホッとした。

途中、何度ももう無理だと言いそうだっただけに嬉しい。

ガクリと弛緩する体を明仁が優しく受け止め、耳朶を甘噛みしながら囁いてくる。

「がんばったな。すごくよかった」

「う……」

まだ熱が抜けていないのに、耳元での囁きは反則だと思う。

けれど今の光流は声を出すのも難しいほど疲れ切っていて、グッタリとしたまま身動きが取れない。

荒くなった呼吸を整えようと目を瞑っていると、明仁の手が優しく髪を撫でてくれた。

(気持ち……いい……)

意識が半分飛んだままなのか、甘い余韻の中を漂っている。

疲労がズッシリと光流に伸しかかり、もう目を開けるのは無理そうだった。

「眠いのか？　少し休むといい」

「ん……」

光流はまだ穿たれたままの明仁のものを感じながら、眠りの世界に引きずり込まれていった。

翌日——目が覚めたのは昼過ぎで、光流はしばらくの間、ぼんやりと天井を眺める。

見慣れない天井の模様と、隣には裸の明仁。目を瞑って眠っている。

(き、昨日……アキちゃんと……)

明仁に好きだと言われて、光流のほうからもようやく好きだと言えて——その日のうちにこうなってしまったのは、やっぱり大人な明仁だなぁと思う。

(い、いやじゃないけどさ……)

とんでもない体験だったが、明仁の恋人になったんだと実感できる行為は光流に甘い気持ちを思い起こさせる。

(でも、さすがにお腹空いたかも)

昨日の夜から何も食べていないし、ハードな運動もした。

今は何時だろうと身動(みじろ)ぎし、全身に走る痛みに思わず声をあげてしまう。

「……いた……いたた……」

その声を聞きつけて明仁が飛び起き、心配そうに聞いてくる。

「どうした⁉　どこが痛い？」

「うう……腕も足も腰も、全部痛い……なんで？」

「ああ、筋肉痛か……よかった」

「筋肉痛……そういえば、スキーの次の日、よくこうなったっけ。うーん、痛い……」

体を動かそうとして力を入れると、あちこちが痛むし、腰も立たない。

光流は明仁の寝間着の上だけを着せられていて、とりあえず裸のままでないことにホッとする。

「お腹空いた……お風呂入りたい……」

「それはそうだよな。ちょっと待ってろ」

明仁はベッドから抜け出して、ガウンを引っかけて寝室から出ていく。

しばらくして戻ってくると、クラッカーと牛乳、ノートパソコンを持っていた。

「今、お湯を溜めてるから。クラッカーを食いながら、何を頼むか決めよう」

そう言って開いてくれたのは、多種多様なデリバリーが集められたサイトだ。ピザしか頼んだことのない光流は、掲載されている店の多さに驚きの声をあげる。

「すごいっ。こんなにたくさん」

「和洋中にエスニック、なんでもあるぞ」

すごいすごいと店を見ていく光流の口元にクラッカーが運ばれ、光流はアーンとそれを食べる。

「んんっ、美味しい……」

「牛乳も飲んでおけ。カルシウム補給だ」

「はーい」

空きっ腹にクラッカーの塩気と牛乳の甘みがとても美味しく感じられる。

明仁と一緒にこれが美味しそう、これもいいなどと言いながら黒毛和牛のハンバーガーに決め、注文を入れる。

「よーし、一時間後に設定したからな。届く前に風呂だ」

毛布に包まったまま抱き上げられて浴室へと連れていかれ、寝間着の上を脱がされる。

明仁も手早く脱いで浴室に入り、椅子に座らされた。

「髪を洗うから、目を瞑って」

「はーい」

指一本動かす必要なく、髪と体を洗ってもらえる。体が動かないこともあるし、恥ずかしいのはこの際我慢する。

明仁の逞しい体がすぐ側にあるのも、チラチラと視界に入る大きな性器もがんばって無視だ。下手に意識して、おかしな雰囲気になるのは困る。

時間がさほどないからか明仁の手も事務的に、効率よく洗ってくれた。そして二人でバスタブに浸かり、フーッと吐息を漏らす。

「気持ちいい……」

「昼風呂は気分がいいよな。じい様の風呂には敵わないけど」

「海を見ながらお風呂に入れるんだもんね。あれは贅沢すぎ」

明仁のマンションは、目の前が大きな公園だ。緑が多いので、ちょっとホッとする。ガラス窓はやっぱり外からは見えないようになっているとのことだった。

しばし湯に浸かって風呂を出て、リビングへと運ばれる。足腰が立たない状態の光流は、ペットボトルの水を飲みながら明仁がキッチンで動き回るのを見ていた。

どうやらお湯を沸かして、スープを作っているらしい。意外にも手慣れている。

「アキちゃん、料理できるんだね」

「外食とデリバリーだけだと野菜不足になるから、サラダとスープ、味噌汁だけは作るようにしてるんだ。簡単だし」

「えらいね。コウちゃんなんて、スープも作れないよ」

「それは、弟可愛さに家を出ないからだよ。あいつ、ブラコンだからなぁ」

「否定できない……」

明仁が鍋にコンソメのキューブを投入したところで、インターホンが鳴った。

「お、来たな」

いったん火を止めてインターホンに応え、財布を手に取って玄関へと向かう。

しばらくするとやり取りが聞こえてきて、紙袋を手に明仁が戻ってきた。

「さぁ、飯だ。スープを運べ」

「うん」

光流は紙袋を受け取って、中から平たい箱を取り出してテーブルに並べる。

「ほい、スープ」

「ありがとう」

ついていたウエットティッシュで手を拭き、箱を開けて大ぶりのハンバーガーに齧りつく。

「うん、美味しい」

「久しぶりにハンバーガーを食ったなぁ」

「ボクも久しぶり。たまに、すごく食べたくなるよね」

「だな。あー、旨い」

ハンバーガーとポテトをパクパクと食べ、野菜たっぷりのスープを飲む。

「アキちゃん、スープ美味しいよ」

「野菜たっぷりだから、罪悪感が減っていいだろう？」

「うん」

炭水化物と肉ばかりの食事はちょっとまずいと思うので、野菜がたくさん入っているスープはありがたい。

よほど空腹だったのか、光流にはちょっと大きすぎると思ったハンバーガーも全部食べきって大満足だった。

「ご馳走様でした。美味しかった～」

「だな」

明仁は日本茶のお代わりをくれて、手早くテーブルの上を片付けてしまう。それから光流の隣に戻ってきてテレビを点け、しばしまったりとした時間を過ごす。

「うーん……お腹いっぱい」

「光流には多かったか？」

「ちょっとね。すごいお腹が空いてたから勢いで食べちゃったけど、大きなハンバーガーだったからなぁ。ポテトを全部食べたのは余分だったかも」

クッタリと明仁に凭れかかってニュースを眺めていると、「さて、歯磨きするか」と言われて抱き上げられる。

洗面所の椅子に座らされ、新品の歯ブラシを渡された。

「買い置き？」

「いや、光流のために買っておいた。惚れさせるって、言っただろう？」

ニヤリと笑う顔が凶悪に色っぽくて、光流は顔を赤らめる。

「歯ブラシだけじゃなくて下着や服も用意したから、何泊しても大丈夫だぞ」

「用意周到っていうか……あれ？　それじゃ、その服を着てもいいんじゃ……」

明仁の寝間着は大きいので上だけでも大丈夫なのだが、下着を穿いていないからどうにも心もとない。

「まぁ、まぁ、それじゃ俺がつまらないんだよ。彼シャツは男の憧れだからな。ほら、歯磨き、歯磨き」

「えー……」

納得がいかないと思いつつ、歯磨き粉をつけられて、シャカシャカと歯磨きをする。

（なんか……不思議な感じ……）

明仁のマンションで、明仁と並んで歯磨きをしている——しかも光流が身につけているのは明仁の寝間着の上のみだ。

まさに恋人との一夜を過ごしたあとという感じで、今更ながら照れてしまう。

いろいろな意味で大変だったセックスも無事にすませて、明仁の光流に向ける甘ったるさが増している気がする。

触れる手に、抱き上げる腕に遠慮がなくなり、光流もまた力を抜いて明仁に身を任せるのに躊躇（ちゅうちょ）がなくなった。

どうせ体のあちこちが痛いわけだし、無理をして心配させるより、お願いしてしまったほうが明仁も喜ぶ。

泡だらけの口の中を濯（ゆす）いでリビングに戻り、ソファーに座る。光流は、当然のように明仁の膝の上だ。

テレビでは興味のないニュースが流れていて、お腹いっぱいで、天気が良くて、なんだか眠くなりそうだった。

「なぁ、光流」

「んー……？」

明仁に凭れかかっているうちに、いつの間にかウトウトしていたらしい。

「初めてのセックスは、どうだった？」

「……………」

とんでもない質問に眠気は吹き飛んで、思わずビクリとしてしまう。

「な、な、何を突然……」

「二度としたくないなんて言われないようにがんばってみたが、どうだったのかなと思ってな。かなり怖がってただろう？」

「そりゃあ……初めてだし、男同士だし……。すごく怖かったけど、すぐに怖いより恥ずかしいほうが大変になったかなぁ……」

一糸まとわぬ全裸を見られて、あちこち触られて——性器を刺激されたり、双丘の奥の秘処をいじくり回されたり。どれも光流にとっては恥ずかしくてたまらない経験だった。

光流を傷つけないようにか、秘処を解すのが丁寧すぎて、もうなんでもいいから終わってほしいと思ったような気もする。

実際、痛みはほとんどなかった。あんなに大きなものを受け入れるから裂けるかもしれないという恐怖が過ぎったが、それよりも体内を押し広げられる異様な感覚や、ものすごい異物感のほうに気を取られた。

「それじゃ、またしてもいいか？」

その問いに、光流は顔を赤くしながらコクリと頷く。

「よしよし」

頭を撫でる明仁は、ご満悦な様子だ。実に嬉しそうに、スッキリした顔をしている。

「男同士はハードルが高いから少し心配だったんだが、ホッとしたよ。光流に好きって言ってもらえたしな。ある意味、あいつのおかげか？　……あれ？　そういえばあいつ、どうなったかな。スマホ、上着のポケットに突っ込みっぱなしだ」

明仁は光流を膝の上から下ろして立ち上がり、寝室に入って自分のと光流のスマートフォンを取って戻ってくる。

「電話やらメールやらが、溜まりまくってる」

「ボクのもだ」

「俺のところに泊まるとは言ってあるぞ」

とりあえずメールを開いてチェックし、主に光一郎と菜々美の「明仁の部屋に泊まるってどういうこと？」という内容を確かめる。

いつもならちゃんと返信する光流が無視した状態になってしまったので、二人ともちょっとしたパニックになったらしく、怒涛のメール攻撃になっていた。

「うう……」

明仁の部屋に泊まるのはそういうことなのか、やっぱりそういうことなんだな、光流～……といった具合に、わりと現状をちゃんと推測している。

どうやら二人とも明仁が光流を好きなことも、光流が明仁を好きなことも分かっていたらしい。

（これ、なんて返事したらいいんだろ……）

うんうんと悩んで、『ええっと……アキちゃんと恋人同士になりました』とシンプルに打って送ってみる。

二人とも今は仕事中だから、しばらく返答はないはずだ。光流がやれやれとスマートフォンを置くと、ノートパソコンを見ていた明仁に言われる。

「あいつ、大変なことになってるみたいだぞ」

ほら、と見せられたのは、あの男のサイトだ。前はちゃんと見られたのだが、今は削除されてなくなっているらしい。

男の名前で検索をかけると、「盗撮写真がウィルスで流出」「大炎上」といった記事がダーッと出てきた。

どうやらウィルスのせいで、パソコン内の写真が流出したらしい。ネットでは大騒ぎで、警察への通報もあったようだ。

「これ……すごいことになってる……」

「男の名前が分かったから、じい様に伝えておいただろう？　裏の人脈に連絡を入れて、まずい写真を流出させたらしい。じい様も、あの男に激怒してたからな」

「まずい写真って？」

「あいつ、アイドルやらにまとわりついていただけじゃなく、部屋に侵入して隠しカメラをつけたりもしていたみたいだな。それに、ファストフード店やカフェらしき店のトイレ」

「うわー……」

それはもうつきまといなんていうレベルではなく、完全に犯罪行為だ。

「でも……どうして？　そういう写真は、さすがにサイトに載せられないよね？」

「ああ、完全に趣味だろうな」

しかしスマホを見ていた明仁は、あれっと声をあげる。

「いや、趣味だけじゃなく、裏で売ったりもしていたらしい」

「さ、最低……最悪……」

「思っていた以上のゲスだった。放置していたら被害者が増え続けていただろうから、じい様、いいことしたなぁ」

「うーん。確かに、そうかも」

盗撮は趣味であり、金にもなるとなると、捕まらないかぎりあの男がやめるとは思えない。

「……流出した写真って、被害者の女の子たち、大丈夫なの？」

「流出させたのは、顔が分からない……だが、犯罪だと一目で分かるような写真だけらしい。データを削除できないように細工したうえで男の情報を通報したから、犯罪の証拠はザクザクとのことだぞ」

「そうなんだ……よかった。ネットに出た写真はなかなか消せないっていうし、かわいそうだもんね」

男のサイトに載せられた自分の写真だって、もっとはっきり顔が写っていたらと思うとゾッとする。

ましてや下着姿や裸の写真がインターネット上に出回るなんて、女の子にとって悪夢に違いない。

「あの男には監視をつけているから、安心していいぞ。それにこの騒ぎで、『ＨＭ』どころじゃないだろうしな」

「監視……」

「ああ。じい様自らこっちに出てきて、浮き浮きと陣頭指揮を取っているみたいだ。楽しそうだぞ」

「そ、そう……」

「光流の写真も、顔が半分しか写っていないあれが一番マシなやつだったそうだ。あれじゃ、個人は特定できないから安心しろ」

「よかった……ありがとう」

光流はギュッと明仁に抱きつき、心から安堵する。

あの男は、前向きに生きたいと思っている光流にとって最大の障害であり、恐怖の的だったから、もう心配しなくてもいいというのは本当にありがたかった。

「じい様が張り切っているし、これからも、『HM』の素性に近づいた人間は痛い目を見ることになって、『HM』どころではなくなるから大丈夫だ。じい様が伊豆に帰るときには、俺が引き継ぐし」

「うん……」

光流は安堵のあまり涙を滲ませながら、明仁に感謝のキスをする。

頼もしい恋人の腕の中でうっとりとしていると、うっすらと開いた唇に明仁の舌が差し込まれる。

「ん……」

歯列の付け根を舐められ、舌を吸われる。

背筋がゾクゾクとする感覚は、光流に甘い予感をもたらす。

感謝のキスは恋人のそれに変わり、うっとりどころではなくなってしまう。昨日知ったばかりの情欲を引き出すキスは、光流を翻弄して体を熱くさせた。

思わず夢中になりそうな自分に気づき、慌てて明仁から離れようとする。

「ま……ま、待って……！　今日は……今日は、ちょっと無理……だと思う……」

このままだとベッドに突撃されてしまう。いやなわけではないし、少しそれを望む気持ちもあるけれど、全身筋肉痛で腰も痛い今はやめておいたほうがいい。無理をすると明日、座ることもできなくなるかもしれない怖さがあった。

だから恥ずかしいのを我慢して無理だと訴えたのに、明仁はニヤリと笑って言う。

「入れなければ体に負担はないから、大丈夫だ」

「ん？」

それはどういう意味かと首を傾げる。

抱く、抱かれるの関係がはっきりしているし、入れて出すまでがセックスだと思っている光流は本気で意味が分からなかった。

「男が男を受け入れるのは大変だろう？　かといって、ようやく手に入れた愛おしい恋人を腕に抱きしめながら、何もしないで我慢というのもつらいしな。それなら、触って、いじって、お互いに気持ちよくなるのはありだろう」

「男でも、慣れてくれば毎日受け入れられるそうだが……それまでは触りっこで我慢だ」

「えーっと……」

「ええーっと……」

知らなかった知識を必死で呑み込もうとしていると、ヒョイと体を持ち上げられる。

「ア、アキちゃん？」

「いやか？」

黒々とした瞳を向けられ、光流はカーッと赤くなる。

甘くとろけるように——それでいて少しだけ弱さを見せているのは、絶対にわざとだ。明仁にこんな目を向けられたら、光流が断れないと知っているに違いない。

ずるいと思いつつ、真っ赤になったまま小さな声で言う。

「うっ……いや……じゃない……」

素直に運ばれなかったから、わざわざ行為を肯定するはめになってしまった。

猛烈な恥ずかしさに抵抗があるだけで、行為自体はいやではない。優しく触られるのも、ねっとりといやらしくいじられるのも気持ちがいいのだ。

（でも、恥ずかしいんだよね……）

乳首を執拗にいじられたり、性器を弄ばれたり。自分でも見たことのない双丘の奥を暴かれるのには、激しく抵抗を覚える。ましてやそこに指を入れられるのは——指どころか明仁自身を受け入れて――思い出すと羞恥で気絶できそうな気がした。

（ちゃんと見てないけど、すごく大きかった気がする……お風呂に入ったときに見たのより大きいわけだから……）

考えると、怖くなりそうだ。

けれど光流はベッドへと運ばれ、このあと目と手で明仁の大きさを確かめることになる。

ベッドに下ろされ、無造作に服を脱いでいく明仁。逞しい上半身と、下着を下ろした下半身に光流の目は釘付けになったが、それに気づくと慌てて視線を逸らした。

（やっぱり、大きいし……）

まだ立ち上がっていない段階であの大きさということは……と考えるが、今一つ想像が追いつかない。

改めて、よく入ったなぁと思ったり、入れるために解す行為の大変さを思い出してううっと唸ったり。

明仁を受け入れて、本当に恋人になれたんだと実感できたのは嬉しい。

しっかり解してくれたから痛みはなかったし、愛撫の濃厚さに目を回しているような状態だったからあまり怖さはなかった。

（でも、でも……お尻をいじられるのは……）

あれはもう、羞恥なんていう言葉では全然足りない。

男同士の結合で大変なのは裂けたりしないかという恐怖だと思っていたのだが、そうならないための解し行為があんなにもきついものだとは考えもしなかった。

猛烈な羞恥と指で中を掻き回される異様な感覚は、絶対に慣れないと断言できる。

（あ……でも、触りっこだけなら、あれはなしなんだ……）

それはホッとする事実だ。あれが明仁を受け入れるために必要なことだと分かっていても、つらいものがある。

安堵する光流に、裸の明仁が覆い被さってくる。

「…………」

チュッチュッと啄むような、甘やかなキス。やっぱり気持ちいい。

しだいに触れる時間が長くなって、舌が差し込まれて——舌を絡める深いキスにじんわりと体が熱くなっていく。

明仁の手は光流の首筋に触れ、肩を撫で、胸へと到達する。

昨日もさんざんいじられた乳首は、少し撫でられるだけでプクッと膨らんだ。

ここが感じるのは昨日教えられたばかりなのに、体はちゃんと覚えている。実に素直に明仁の指に反応し、押したり摘まんだりされるたびにゾクゾクとした快感が走る。

キスをしながら両方の乳首を交互にいじられ、光流は早くも目を回しそうになる。キスと乳首と、どっちに意識を持っていけばいいのかと混乱していた。

「あ、んっ……」

自分の、妙に鼻にかかった甘い声を聞くのはたまらないものがある。

カーッと羞恥が込み上げると同時に、そういえばこれは触りっこだったと思い出す。一方的に明仁に気持ちよくしてもらうだけじゃダメだと、光流はうまく動かない頭で考えた。

（ええっと……）

とりあえず同じようにすればいいのかと、積極的に舌を絡ませつつ明仁の体に手を伸ばす。広く逞しい背中。綺麗な筋肉のついた腕。自分よりずっと硬い感触を確かめていく。

同じ男なのに、全然違う気がする。引きこもりでろくに運動をしていない光流は体が薄くて筋肉もないが、明仁は全体的に厚みがあってしっかりとした筋肉で覆われていた。

明仁の体は、どこもかしこも硬い。光流はその感触を確かめるためにあちこちペタペタと触り、明仁の乳首も感じるのかなぁと触ってみる。

いつの間にか唇が離れ、明仁の愛撫がとまっているのにも気づかず、自分がされたのを思い出しつつ乳首をいじった。

（あ……やっぱり、膨れるんだ。面白い……）

硬く尖って、指の腹にしっかりとした感触が伝わってくる。

（気持ちいいのかなぁ……）

疑問に思って顔を上げてみれば、面白そうに見つめている明仁と目が合った。

「う……」

悪戯(いたずら)がバレたような気分に、光流は視線を逸らす。

「楽しそうだな」

「だって、触りっこって言ってたし……触られるだけじゃダメかなぁって。ええっと……アキちゃん、気持ちいい？」

「ああ。光流が触ってるんだなと思うと、くるものがある」

「そ、そう……」

照れるやら嬉しいやらで顔を赤らめながら、触っても大丈夫なんだと胸を撫で下ろす。そして、それじゃもう少し大胆にと、明仁にされたように乳首に口をつけて吸ってみた。

「……おっと、それはまずいな。可愛すぎて、暴走しそうだ」

「えー……」

指でいじるのはよくて、口で吸うのはダメなのかと、光流は首を傾げる。

「まったく。光流は可愛いな」

そう言うやベッドに押し倒されて、乳首に吸いつかれる。

「ず、ずるい……ボクにはダメって言ったのに……」

「あー……確かに。俺は俺で好きにするから、光流も好きに触っていいぞ」

「ん……」

そんなことを言われても、明仁は乳首をカリッと甘噛みしつつ、下肢にまで手を伸ばしてくる。もっとも敏感な性器をいじられては、何もできなくなってしまう。

「光流も、同じようにしてみたらどうだ？」

「同じように……」

どうせすぐに、ろくに考えられなくなる。自分ばかり気持ちよくなるのではなく明仁も気持ちよくなってほしいのだから、ひたすら明仁の真似をするのはいいかもしれない。

「が、がんばるっ」

触りっこ初心者の光流が気合を込めてコクコクと頷くと、明仁は楽しそうに笑う。

「ああ、期待してるぞ」

「うん」

光流も明仁と同じように下肢に手を伸ばし、明仁のものに触れる。大きさを確かめるように、握ってみる。

（お……大きい⁉）

驚いて思わず視線を移すと、立ち上がりかけたものが目に入った。

（うわぁ……本当に大きい。長いし）

平常時でも、父親や光一郎のものより大きかったから、これが完全に勃起したらどうなるんだろうと目を瞠る。

「手が動いてないぞー」

「うひゃっ」

からかうような声とともに先端を指の腹でグリグリされて、光流の腰がビクンと跳ね上がる。

「お、同じように……真似っこ……」

勇気を出して、明仁の性器の先端をグリグリしてみた。

「ふ…膨らんだ……」

「まだ膨らむぞ」

言うや明仁の手が光流のものを上下に擦り、光流も熱い吐息を漏らしながら同じようにする。

「……うん。気持ちいいぞ」

「くぅ、ん……」

光流の意識は快感に呑まれつつあり、思っていたとおりあまり思考ができなくなる。

(真似っこ、真似っこ……)

それだけを繰り返し頭の中に巡らせ、明仁と同じように手を動かす。上下に扱き、先端をいじり、ひたすら喘ぎ声を漏らす。

「あ、あ、あんっ……」

自分の手の中で大きく育った明仁の屹立が、愛撫に応えてビクビクと反応している。快楽にぼんやりとした頭でそれを嬉しく思い、ともすれば力の抜けそうな手を必死で動かす。

明仁にも気持ちよくなってほしいし、どうせなら一緒に達きたい。

「アキ…アキちゃん……もう……」

「ああ、一緒に達こうな」

「んっ」

唇が合わされ、明仁の舌に舌を絡めながら、手の動きを激しいものにしていく。

快感がどんどん高まり、グッと強く握りしめられた瞬間に弾けた。

「――あぁ！」

「くっ」

ほとんど二人同時に射精を果たし、光流はグッタリと脱力する。

ハッハッと息をするのも大変で、強い疲労を感じていた。

（触りっこ……すごい……）

子供っぽくて軽い響きの言葉なのに、内容はしっかり濃密で大人だ。

明仁を体内に受け入れるわけではないから体の負担はまったくないが、しっかりセックスした感覚はある。

（なんか……これだけでも満足かも……）

気持ちよかったし、満足感もあるしで、光流はほうっと吐息を漏らす。

「触りっこもなかなか楽しいな」

「うん……疲れた……」

「もう一度……と言いたいところだが、光流の体力がもたないか」

「無理ぃ……」

疲れたと訴えると、明仁は笑って光流にチュッとキスをする。

「少し休むといい。眠そうだ」

「ん……」

優しいなぁと、光流は微笑を浮かべる。

疲労に目を瞑っても、明仁の手が髪を撫でてくれている。

光流はその手の感触に幸福感を覚えながら、心地良い眠りの世界に入っていった。

天使、のち堕天使

明仁と恋人になって、家族への報告も無事にすませた。

光流のみ限定で過保護な家族なのでなかなか大変だったが、一応認めてくれている。相手が明仁なら仕方ないという感じらしい。

それでも、家を出て明仁と暮らすなんて言語道断、お泊まりもほどほどにと鼻息荒く、明仁とのお泊まり交渉は紛糾(ふんきゅう)したらしい。

増やそうとする明仁に、減らそうとする父、兄、姉。母は論争には加わらず、優雅に紅茶を飲んでいた。

四人の勢いに光流はまったく口を挟めず、とっとと退散して夕食の手伝いに逃げたのだった。

結果、平日二日までのお泊まりに落ち着き、明仁の部屋には少しずつ光流のものが増えている。

二枚目のＣＤも順調な売れ行きを見せ、早くも三枚目の話が出た。カメラマンは、当然のように村尾だ。

曲は作り溜めてあるから、勢いのある今のうちに一気に五枚まで出してファンを獲得し、そのあとはゆっくりしたペースにしようということになっているらしい。

村尾には光流が作った曲のタイトルリストを渡してあり、その中から当て嵌まりそうな映像をいくつか見せてくれるとのことで、光流と明仁は浮き浮きしながら村尾の事務所に行った。

明仁だけでなく、光流ももうすっかり村尾のファンになっている。

プロモーションビデオの桜も海も溜め息が出るほど綺麗な映像で、他のも見せてもらえるなんてと楽しみだった。

光流は念のために「HM」用のウィッグを被り、菜々美から借りた帽子と大きなサングラスもかける。それにマスクを着けてしまえば、顔の大部分が隠れることになった。

一緒に写真を撮られるかもしれない明仁も同じ防備なので、なんとも怪しい二人組になってしまった。

例によって車を時間貸しの駐車場に置いてタクシーで乗りつけ、村尾の事務所のインターホンを押す。

「はーい。いらっしゃいませ～」

佐藤が明るく出迎えてくれて、二階の編集室へと案内される。

たくさんのモニターと機材がギッシリと詰め込まれた部屋で、機械を操作したままの村尾に迎えられる。

「どうも、こんにちはー。この前の天使の映像もできてるので、お見せしますね」

「ありがとうございます」

光流と明仁は佐藤に促されてソファーに座り、帽子とサングラス、マスクを取る。

「まずはＣＭ用からかな……うん、これで――……」

そこでようやくこちらのほうを振り返ると、大きく見開いた目が光流を凝視してくる。その視線の強さに、光流は思わず明仁にくっついてしまった。

「な、何……？」

「キ、キ、キミッ！　光流くん‼　いつの間に孵化したんだっ。堕天使を撮らせてくれ‼」

「は……？」

「堕天使……？」

村尾の勢いに呑まれて目を丸くしていると、村尾が詰め寄ってくる。

「キミはもう天使じゃない。堕天使――しかも、ただの堕天使じゃなく、無邪気で無垢な堕天使――悪魔に愛されすぎて、変容しないまま落ちた堕天使だ‼」

「………」

「………」

電波な発言怖い……と怯えるものの、身に覚えがないわけではないだけにいたたまれなさもある。

そこにトレーを持った佐藤がやってきて、笑いながらコーヒーを二人の前に置いてくれる。

「もう先生、何を言ってるんですか。久しぶりの奇天烈発言、出たな～」

「奇天烈とは失礼なっ。佐藤くん、キミの目は節穴かっ。カメラマンなら、何一つ見落とすんじゃない」

「オレ、先生と違って凡人ですもん。先生の目は、神の目ですからねー」

「………」

「………」

なぜ堕天使と言われたか心当たりがある光流は、無言で出されたコーヒーを飲む。明仁も余計なことは言わず、流すことにしたらしい。

「お？　旨いな、このコーヒー」

「酸っぱくないし、苦すぎないしで、飲みやすいね」

話を逸らせるのはありがたいので光流もコーヒー話に乗ったが、あいにくと村尾にその気はないようだ。恐ろしくギラついた目で光流を見つめたまま動かない。

「前と全然違う。落ちた天使が綺麗なままなんて、ありえない。無垢な堕天使……これは奇跡だ。絶対に撮らないと」

光流を凝視したままブツブツと呟いているのが怖い。

「すみませんねー。先生、たまーにこうなっちゃうんですよ。あの桜を見つけたときも、イッちゃってて怖かったなぁ。どうやらすごい美人に見えたみたいで、撮影中ずっと口説いてました」

「口説いていたわけじゃない。賛美していたんだ。山の奥で人目に触れないから、褒められることに飢えてたんだな」

「……………」

「……………」

やっぱりちょっと電波だと思いながら、コーヒーに救いを求める。

「……まぁ、天才が変人なのは仕方ないってことで。気にしないでください」

「はぁ……」

「佐藤さんも、大変ですね」

「最初は引きましたけど、すぐに慣れました。キモくても、害はないし」

「なるほど」

「ただ……こうなっちゃうと、撮るまでダメなんですよ。なんというか、取り憑かれたような状態で、他の仕事ができなくなるんですよねぇ。すみませんが、付き合ってあげてくださいませんか？」

「それはつまり、光流に堕天使としてモデルをしろと？」

「はい、ぜひお願いします」

「えっ、やだ」

光流は反射的にプルプルと首を横に振る。

天使だって恥ずかしかったのに、堕天使なんてさらに恥ずかしい気がする。今一つ意味の分からない「中二病」なんていう言葉が頭を過ぎった。

「そんなぁ、光流く～ん」

無下に断ったことで村尾が泣きそうな顔で縋りついてきたが、いやなものはいやだとしか言いようがない。

「まぁまぁ、先生。まずは映像を見てもらいましょうよ。天才が説得するなら、言葉より作品が一番ですって。……ええっと、それじゃ、ＣＭに使う用の天使の映像から見てください」

大型モニターに映る、金髪のウィッグをつけた光流の後ろ姿。ＣＧで真っ白な翼がつけられていて、ちゃんと天使に見える。

「綺麗だな……」

思わずといった呟きが明仁から漏れているが、光流もそれには同感だった。

ブルーバックに合成されているのは光に溢れた青い空と、羽根でいっぱいの床。フワフワと柔らかそうで、雲の上にいるようにも見える。

虹色の蝶と戯れる天使は実に楽しげで、とても美しい映像に仕上がっていた。

思わずジッと見入り、終わるとほうっと感嘆の吐息が漏れる。

「これは、企業のサイトに載せるほうの映像なので、一分あります。テレビのほうはもっと短いですよ」

「はぁ……」

それは光流も知っている有名なアイスクリームメーカーで、このたび高級路線のアイスを一新することにしたらしい。

中身はもちろんのこと、パッケージも大幅に変える力の入れようとのことだった。光流のこの映像は、特に力を入れたバニラアイスに使用するらしい。

「あ、そうそう。試供品をもらってるんだ。すごく美味しいんで、食べてみてください」

そう言って佐藤が持ってきたのは、白地に金が美しい入れ物のアイスクリーム。

「以前のより乳脂肪率が濃くなって、バニラビーンズもたっぷり入ってるとか。……あ、南雲さんのほうのチョコは、有名なパティシエとのコラボらしいです。どっちも旨いですよー」

「ありがとうございます」

蓋を開けて食べてみると、確かに濃厚で美味しい。専門店と同じくらいのレベルだと思った。

「美味しい！　これ、普通にお店で買えるんですか？」

「スーパーやコンビニでも取り扱うそうなので、気軽に買えますよ」

「嬉しいかも……アキちゃん、ちょっと交換して。チョコのほうも食べてみたい」

「ああ、こっちも旨いぞ。甘すぎないし、チョコチップの触感が楽しい」

「へえー」

それは楽しみだと交換して、チョコのほうも食べてみる。

「うわぁ……こっちも美味しい。お高いチョコの味がするなぁ」

パティシエとのコラボというだけあって、高級という名にふさわしい味になっている。

「バニラが天使、チョコが堕天使で依頼をもらっていたんですけど、先生が堕天使はモデルがいないから無理と断っちゃったんですよね。そもそも天使のほうも、断る寸前だったんですけど」

「はぁ……」

「努力はしたんですよ。気が遠くなるほど大量にモデルたちの宣材写真を見まくって……でも、誰一人として先生のお眼鏡にかなわなくてですね。そこにひょっこり光流くんが現れてくれて、天使だけは撮れるって喜んでいたんですけど……いや～灯台下暗しでした。前に会ったときの光流くんは天使だったのに、今は堕天使かー」

「……」

明るく朗らかに、ジリジリと追いつめられている気がする。内心で冷や汗を流しつつ明仁にくっついていると、佐藤はなおも言ってくる。

「そういうわけで、先生も撮りたくないわけではなかったんですよね。モデルが見つかったんなら……ましてやそれが光流くんならちょっと鼻息が荒くなっても仕方ないっていうか……CDのミュージックビデオを最初に依頼されたときも、光流くんの花見映像を見て一発OKだったからなぁ。撮りたい風景は山ほどあるけど、撮りたい人間はほとんどいないっていう人なのに」

「はぁ……」

「天使映像、綺麗だったでしょう？」

「……はい」

「もう、ホント、芸術品だと思うんだよね。あ、そうそう、依頼主に渡したのは背中の映像だけど、光流くんに渡す用に顔が映ったのもあるんだよ。今度はそっちを流すね」

そういえばカメラはいろいろなところに何台もあったし、佐藤がドローンも飛ばしていた。それにときおり、一眼レフのカメラを構えた村尾も視界に入っていたことを思い出す。

流れ始めた映像は、光流にとってきついものだった。さっきと違って顔がしっかり映っているから、ものすごく恥ずかしい。

腰まであるような長さの派手な金髪のウィッグを被って、フィルムで作られた虹色の蝶と子供のように遊ぶ自分――。

（イ、イタい……イタすぎる……）

明仁は隣で「おおっ」と身を乗り出して夢中になっているが、いたたまれない光流は目を逸らしてしまう。

最悪なことにこちらは十分もあり、光流にとっては今までに感じたことがないほど恐ろしく長い十分に感じた。

「……ああ、素晴らしかった。さすが、村尾さん。人物を撮っても最高ですね」

「そ、そう思うのなら、ぜひ堕天使を！　理想のモデルで天使と堕天使の両方を撮れるなんて、カメラマンの夢なんですよっ。お願いします～」

村尾に取りすがられんばかりに懇願され、気おされた光流は明仁の腕をギュッと握る。

助けてと明仁を見ると、明仁はにっこりと実にいい笑顔を浮かべた。

（な、なんか、いやな予感……）

「光流、村尾さんにはＣＤでお世話になっていることだし、撮らせてあげたらどうかな？」

「えー……」

光流がモデルなんてしたくないと思っているのを知っているはずなのに、明仁はそんなことを言ってくる。

ずいぶんと天使映像を気に入っていたようだから、堕天使も見たくなったんだとピンと来た。

それにおそらく、光流が絶対にいやだと思っているわけではないのも知られている。天使でも恥ずかしかったのに堕天使なんてもっといやだという気持ちはあるものの、撮るのが村尾となると、うーんと唸ってしまうのだ。

村尾の映像は綺麗だし、まだ風景映像を見せてもらっていない。それを楽しみに来ただけに、断って気を悪くさせるのは困りものだった。

「公開するのは、顔の映っていない映像なんだから、いいじゃないか。実際、ＣＭ用のは、後ろ姿と、横顔にまでは至っていない角度だったし」

「でも、堕天使なんて……」

「村尾さんが撮るんだから、きっと綺麗だぞ。黒い髪で黒い翼というのも楽しそうだ」

「絡む相手は、蝶の代わりに蝙蝠なんてどうかな？」

「蝙蝠だとCGになりますし、光流くんの動きが難しくなるのかもしれませんよ。本職のモデルではない以上、実体があったほうがいいんじゃないですか？」

どうやって撮るか話し始める二人に、明仁も加わる。

「ああ、それなら黒猫はどうですか？　あとから蝙蝠の羽根をつけて、使い魔風に」

「おおっ、南雲さん、冴えてる！　それ、すっごい可愛いですね」

「いいね。うん、すごくいい。絵になるぞ、それは、大人猫と子猫と、両方撮りたいな」

「子猫のほうは、三匹とか四匹いたほうがいいですね」

「うんうん、いいね。そうしよう。この前と同じように、三枚目のプロモ撮りと同日の撮影でいいかな？」

「はい」

三人で勝手に盛り上がって、いつの間にか撮影することになっている。

「えーっ」

了承していないんですけど、とばかりに光流が不満の声を漏らすと、明仁がまぁまぁと宥めにかかった。

「ＣＤのプロモ撮りのついでなんだから、いいじゃないか。猫と遊べるの、嬉しいだろう？」

「それは……否定できないけど……」

光流は犬も猫も好きだが、飼ったことはない。母親の趣味がアンティーク家具で、家のあちこちにとんでもない値段の家具や花瓶なんかが置いてあるから、ペットの類は怖くて飼えないのだ。

小さな飾り棚が何千万円なんてこともあるので、高価な家具にはあまり近寄らないようにしている。

「子猫が複数なんて、なかなか遊べないぞ」

「ううっ……そんなので誘惑するの、ずるい……」

「それじゃあ、黒猫たちは大人一匹、子猫三匹ってことで手配しますねー」

「スリムで、綺麗な子をよろしく」

「はーい」

光流がキッパリと拒否できないものだから、ＯＫしたことになってしまっている。

（堕天使なんてやだ……でも、子猫……）

うぬぬぬと唸っていると、明仁に優しくポンポンと頭を叩かれた。

「考えすぎない、考えすぎない。村尾さんの撮る堕天使光流なんて、実に楽しみじゃないか」

「た、楽しみじゃない……天使以上にイタい予感……」

「大丈夫、大丈夫。天使の光流も実に可愛かったぞ。今日、帰ったら上映会だ。みんな楽しみにしているし」

「ううっ……見せたくないなぁ」

明仁と家族と明仁の祖父とで共有しているCD用のアプリで細かく報告がされているから、今日村尾のところに行くのもバレている。

天使映像についても明仁が教えてしまっているので、みんな今日は夕食に間に合うように帰宅すると張りきっていた。

「見せたくないって言っても、無理だろう。ケーキを買って帰るから、光流はそれに集中すればいい」

「そうする……」

村尾の撮った映像は確かに美しいものだったが、長い金髪のウィッグと真っ白な翼の自分の姿はあまり直視できない。

「さーてと。それじゃ堕天使はOKっていうことで、三枚目のCDをどれにするか選んでください。いただいたリストと合致する映像を流しますから」

「はい」

そうだった、それが目的だったと、光流は気を取り直す。

「えーっと、まずは祭りの映像がいくつかと、雨の奥入瀬(おいらせ)、夏の奥入瀬……奥入瀬渓流は四季全部ありますけど、見ますか？」

「ぜひ！」

「お願いします」

「じゃ、そのあたり、適当に流しますねー」

中央の大型モニターに、祭りの映像が映る。

闇に浮かぶ提灯の明かり。アップから引きの映像になることで、それがずっと奥まで連なっているのが分かる。

真っ赤な鳥居と、能の奉納舞。厳かな神事は思わず息を呑む美しさだ。

そしてそれが終わると、雰囲気が一変して賑やかな祭り風景が始まる。

小さな子供たちが一生懸命紐を引っ張る子供神輿に、法被にねじり鉢巻きの迫力ある神輿。浴衣姿で境内に並んだ夜店を楽しむ人々。

どれも光流が体験してきたものと似ていて、懐かしさと幸せな記憶が蘇る。

テレビでも何度も見ているような映像なのに、やはり村尾が撮ったものは違う。どれもただの映像ではなく、作品になっていた。

だからこそ村尾の映像はミュージックビデオやＣＭなどに引っ張りだこで、ほんの数十秒でも特別な説得力を持たせることができる。

こんな美しい映像を使わせてもらえるなら、モデルくらいいいか……と思ってしまった。

「綺麗だなぁ……」

「さすがだよな」

二人はうんうんと頷き、流れる映像にうっとりと見入った。


あれこれたっぷり二時間ほど見せてもらって、村尾の事務所をあとにする。

土産は光流の天使映像だ。ＣＭ用、家用、未編集の撮りっぱなしももらってきている。どうやら明仁が、事前にお願いをしていたらしい。

未編集のやつはいらないのにと光流は不満だが、明仁は絶対にいると力説していた。

車の中で帽子やウィッグなどを取って元の姿に戻り、ケーキ店に寄ってから家に帰る。

母と愛子にただいまの挨拶だけして光流の部屋に行き、曲のタイトルリストを見ながらどれにするか話し合った。

「やっぱり、奥入瀬と十和田湖？　観光っぽすぎるかなぁ」

「曲はいいが、タイトルは変えよう。さすがにストレートすぎる」

「だよねぇ。自分のための覚え書きタイトルだから。でもボク、タイトルを考えるの苦手……」

「詞の中からチョイスすればいいんだよ。使えるフレーズがいくらでもあるぞ」

「そうかなぁ。ピンと来ないや」

「それじゃ俺がいくつかピックアップするから、その中から決めればいい」

「うん、ありがとう」

　一応自分でもやってみようと、奥入瀬と十和田湖の楽譜を引っ張り出して奥入瀬のほうを明仁に渡してからチェックする。

　そのままそれに集中していると、内線が鳴って夕食ですよと言われた。

「あっ、もうそんな時間なんだ……」

「早く行かないと、文句を言われそうだな。みんな、さっさと食べて天使光流を見るのを楽しみにしてるだろうし」

「うう……」

　光流にとってはつらい時間になりそうだ。

　肩を落とす光流とは反対に、浮かれている明仁。二人が一階のダイニングルームに行くと、すでにみんな揃っていて、遅いと文句を言われた。

「食べたら天使を見るんだから、早く早く」

「楽しみだな～、天使。明仁はもう見てきたんだろう？　どうだった？」

「まさしく天使だった。キラッキラで可愛いぞー」

「おおっ」

「見たい！」

ワゴンで運ばれてきた夕食を配るのを手伝う光流をよそに、みんなは天使映像のことで盛り上がっている。

（そ、そんな期待されても……）

「ちゃんと未編集のももらってきたからな。天使からひょっこり光流に戻るのが、またまた可愛いんだよ」

「よくやった！」

「村尾さんは未編集はなぁって渋ったが、カメラ三台とドローンと、全部見たいじゃないか」

「そのとおりっ」

「見たいに決まってるわ」

（えぇーっ？　全部って、本当に全部？　一時間くらい撮影してたから、とんでもなく長くなるけど……）

やったやったと喜んでいる彼らには、関係ないかもしれない。

（ボクはケーキを食べたら、とっとと逃げ出そう……）

てっきりＣＭ用のと、編集した十分だけだと思っていたのに、未編集のものまでもらってくるとは思わなかった。

考えてみると今日は金曜日だから、明日は会社が休みということになる。とてもではないが、付き合いきれそうになかった。

　そして夕食後、ケーキを食べながらリビングで鑑賞会になったのだが、思った以上のいたたまれなさだった。

「て……天使！　うちの天使ちゃんが、本物の天使にっ」

「おおおぉぉぉぉ」

「いや～ん、綺麗可愛いわ～」

「天使だ。天使がいる～っ」

　一度見ている明仁は余裕のていだが、家族は興奮してうるさい。愛子まで、目をキラキラさせてグッと握り拳を作っていた。

（よ……喜ばれてる……めちゃくちゃ喜ばれてる……。イタいと思われなくてよかったけど、いたたまれない気持ち……）

　企業用の後ろ姿しかない映像でもうるさかったのに、それが顔もしっかり映っている自宅用となると大騒ぎだ。

「可愛い、可愛い、可愛いっ」

「綺麗だわ～。綺麗よ～」

「おおおぉぉぉぉ」

「天使、天使っ」

「坊ちゃま……お綺麗になって……」

ついに愛子まで心が駄々漏れになり、光流は自分の部屋に引き上げることにする。

食べかけのケーキと紅茶を手に、ソロリソロリと逃げ出した。

（無理無理無理～っ）

二度目でもつらい天使姿の自分に加え、家族の賛美がとてつもなくつらい。

光流はケーキと紅茶を机に置くと、激しく動揺する気持ちを鎮めるためにピアノの前に座る。

「ああ、もう、やっぱり天使なんてやめておけばよかった……」

ブツブツと文句を言いながら鍵盤を押し、湧き上がるメロディを弾いていく。

「これで、さらに堕天使とか……やだなぁ、もう。……でも、アキちゃんが楽しみにしてるんだよね。村尾さんファンっていうのもあるんだろうけど、堕天使なんて趣味悪い……」

ぼやきがとまらないおかげで、どんどんメロディが生まれてくる。

いつものようにそれを楽譜に書き込み、そのタイトルは「天使なんて最悪」だ。

「でも、猫と遊べるんだよなぁ。しかも、子猫三匹。絶対可愛いし、そうそうない機会……アキちゃんってば、弱いところを突くんだから」

　それでもやっぱり、映像を見ているときの明仁の嬉しそうな顔や、堕天使を勧めてきたときの楽しそうな顔を思い出すと、絶対にいやだとは言えない。光流にはイタすぎるとしか思えないのだが、明仁は思いっきり喜んでいた。

「……まぁ、アキちゃんが喜ぶんなら仕方ないか」

　そう結論づけてピアノの蓋を閉じ、冷めた紅茶でケーキを食べる。

「長くなりそうだから、とっととお風呂入っちゃおう。……あ、その前にアキちゃんの布団、敷いておいたほうがいいか」

　今日はきっと泊まりになるし、もう恋人なのだから光一郎の部屋にではなく光流の部屋でいいはずだ。

　光流のベッドがシングルでなければ一緒に寝られるのにと、残念だった。

　今のところ、お泊まりは平日に二日だけと決まっているから、光流の体に負担はない。さすがにこの家で明仁が手を出してくることはないだろうが、明仁に抱きしめられて眠るのはとても気持ちがいいのだ。

「でも、同じ部屋で寝られるし……」

　光流はケーキを食べ終えると、浴槽の湯を溜めている間にいそいそと明仁の分の布団を敷く。そしていつ戻ってくるか分からない明仁を待つことなく風呂に入り、パジャマに着替えて毛布の中に潜り込む。

「歌詞、どうしようかな〜。んっと……『天使と言われるたび、困惑が生まれる。天使なんかじゃないのに』みたいな？　とりあえず、メモメモ」

ベッドサイドのテーブルの引き出しにはペンとメモが入っているから、思いついたフレーズをそれに書き込む。

これはもう毎日の習慣のようなもので、書いている途中で寝落ちというのも珍しいことではなかった。

だから、明仁はいつ来るのかな……と思いつつ歌詞を考えていて、気がつけば瞼が落ちて眠っていた。

煌々と明るかったライトが消されたことでフッと意識が浮上し、毛布が捲られてベッドが沈み込む。

「アキ……ちゃん……？」

「ああ、眠っていていいぞ」

「ん……一緒に、寝るの……？　落ちちゃうよ……」

「さすがに、ちょっと狭いか。じゃあ、布団のほうで一緒に寝よう。これなら落ちても痛くない。とりあえず、毛布は二枚にしとくかな」

まだ寝ぼけた状態で抱き上げられて、ベッドから布団へと移される。

シーツがヒヤリと感じられたが、すぐに明仁に毛布をかけられ、抱き寄せられた。

「今……何時……？」

「一時だ。映像を見るのがやめられなくてな」

「みんな、何やってるんだか……」

「明日は休みだからっていうのもあるんじゃないか？　光一郎と菜々美ちゃんはもう少し見てると言ってたから、昼まで起きてこないだろうな」

「あの二人ってば、もう……」

　どうして弟の天使姿をそんなに見たいのか理解できない。愛されてるな～とは思うが、その方向性は謎だった。

「あいつら、光流ラブだから。堕天使姿で黒猫と絡むって言ったら、大喜びだったぞ」

「ううっ……嬉しくない……」

　やりたくないよ～っと明仁の胸に頭をグリグリと押しつけると、明仁がクスクスと笑った。

「親孝行、兄姉孝行だと思って。もちろん俺も嬉しいしな」

「うーっ。みんな、趣味悪い……」

　光流は明仁にくっついたままブツブツと不満を漏らし、明仁は実に楽しそうに笑う。

　光流の駄々捏ねなど明仁にとっては可愛いものでしかなく、むしろ反対に機嫌がよくなってしまう。

「堕天使なんて、本当にいやなんだからね」

「はいはい、分かってるよ。きっと、すごく可愛いぞ～」

「分かってないっ」

光流はブーブー文句を言い、ギュッとしがみついて明仁に甘えるのだった。

あとがき

こんにちは～。このたびは、「溺愛彼氏と恋わずらいの小鳥」をお手に取ってくださいまして、どうもありがとうございます。

やっぱり年の差は好きです。同年代にはない包容力と、大人ならではの狡猾さ。人の手で育った小鳥は外の世界では生き抜けなかったりするので、居心地よく整えられた鳥籠で、愛され、甘やかされて暮らせるのは幸せなんじゃないかしら……と思うわけです。これからも明仁は自分の腕の中にがっちり光流を囲いつつ、外の世界を見せていくのでした。

イラストを描いてくださる明神翼（みょうじんつばさ）さん、いつもありがとうございます。すでに表紙のラフをいただいておりまして、またもや贅沢に二案。どっちも、溺愛彼氏が、可憐な小鳥を甘～く抱きしめております。どちらも素敵なのですじゃ。

コロナのせいでファミレスやカフェ仕事ができず、大変でした。ずーっと家にいるのが、こんなにストレス溜まるなんて。このまま収束に向かい、特効薬とワクチンができるのを祈ります。

若月京子

こんにちは、明神翼です☆ミ
「溺愛彼氏と恋わずらいの小鳥」
とってもカワイイすてきなお話で
キュンキュンしながら読み＆イラスト
描かせていただきました♡
若月京子先生、いつも本当に楽しく
キュンな萌えをどうもありがとう
ございます─！
エンジェルちゃんな
ピカルンのイラストも
描きたかったです～
みょうじんつばさ☆ミ